Bianca

Corazones rivales
Abby Green

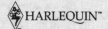

HARLEQUIN

Editado por HARLEQUIN IBÉRICA, S.A.
Núñez de Balboa, 56
28001 Madrid

© 2010 Abby Green. Todos los derechos reservados.
CORAZONES RIVALES, N.º 2061 - 2.3.11
Título original: The Virgin's Secret
Publicada originalmente por Mills & Boon®, Ltd., Londres.

I.S.B.N.: 978-84-671-9589-7
Depósito legal: B-2506-2011
Editor responsable: Luis Pugni
Preimpresión y fotomecánica: M.T. Color & Diseño, S.L.
C/ Colquide, 6 portal 2 - 3º H. 28230 Las Rozas (Madrid)
Impresión en Black print CPI (Barcelona)
Fecha impresion para Argentina: 29.8.11
Distribuidor exclusivo para España: LOGISTA
Distribuidor para México: CODIPLYRSA
Distribuidores para Argentina: interior, BERTRAN, S.A.C. Vélez
Sársfield, 1950. Cap. Fed./ Buenos Aires y Gran Buenos Aires,
VACCARO SÁNCHEZ y Cía, S.A.
Distribuidor para Chile: DISTRIBUIDORA ALFA, S.A.

Prólogo

LEONIDAS Parnassus miró por la ventanilla de su avión privado. Acababan de aterrizar en el aeropuerto de Atenas. Para su consternación, sentía una incómoda sensación en el pecho. No tenía ningún deseo de moverse de su asiento, a pesar de que las azafatas estaban preparándose para abrir la puerta y él odiaba estarse quieto. Lo achacó a que aún estaba irritado por haber accedido a la petición de su padre de que acudiera a Atenas para «hablar».

Él no se dedicaba a nada ni a nadie que considerara una pérdida de tiempo o energía: ya fuera un negocio, una amante, o un padre que había antepuesto el crear una fortuna familiar y limpiar su apellido, a tener una relación con su hijo. Leo hizo una mueca, tanto por el tórrido calor proveniente del asfalto, como por sus sombríos pensamientos.

Él era griego de pura cepa, pero nunca había pisado suelo griego. Su familia había sido exiliada de su hogar antes de que él naciera, pero su padre había regresado triunfal hacía unos años, cumpliendo su sueño de limpiar su apellido de un crimen terrible, y glorificándose con su nuevo estatus y su incalculable riqueza.

Una amarga ira se apoderó de él al recordar el rostro de su amada yaya, ajado por la tristeza. Ella no había podido regresar a casa: había muerto en un país extraño que nunca llegó a amar. Y, aunque ella lo había urgido a que volviera en cuanto tuviera oportunidad, él había jurado que no volvería al lugar que había rechazado a su familia con tanta facilidad.

Atenas todavía era el hogar de la familia Kassianides, responsables de todo su dolor y tristeza, y que estaban sufriendo demasiado tarde y demasiado poco por lo que habían hecho. Habían ensombrecido su niñez de muchas maneras. Y sin embargo... ahí estaba él.

Algo en la voz de su padre, una debilidad inconfundible, le había hecho acudir, a pesar de todo lo sucedido. ¿Tal vez quería demostrarse que no se encontraba a merced de sus emociones?

Esa idea no le hacía ninguna gracia. Con ocho años, se había jurado que no permitiría que lo abrumaran las emociones: ellas habían acabado con su madre. Él podía presentarse en su hogar ancestral, con toda su dignidad, y luego rechazarlo de una vez por todas, ¿cierto? Pero antes debía enfrentarse al hecho de que su padre quería que se hiciera cargo del negocio familiar de transporte internacional. Él había renunciado a su herencia hacía mucho tiempo. Se había entregado al espíritu emprendedor de Estados Unidos, y dirigía un negocio que englobaba finanzas, compras e inmuebles, y que recientemente había volado una manzana entera de edificios en el Lower East Side de Nueva York para reurbanizarla.

Su única opinión en el negocio de su padre había sido un par de años atrás, cuando habían apretado el nudo alrededor del cuello de Tito Kassianides, el último patriarca vivo de aquella familia. El deseo de venganza había sido lo único que había conectado a padre e hijo.

Leo se había complacido especialmente en asegurarse de que la familia Kassianides desapareciera, gracias a una poderosa fusión que su padre había orquestado con Aristóteles Levakis, uno de los titanes de la industria griega. Sin embargo, en aquel momento, a punto de pisar Grecia, se sentía extrañamente vacío. No podía evitar pensar en lo mucho que su abuela había deseado que llegara aquel momento, y nunca había tenido la oportunidad de verlo.

Sonó una discreta tos.

–Disculpe, caballero.

Leo elevó la vista, furioso porque alguien lo observara en un momento privado, y vio a la azafata señalándole la puerta abierta de la cabina. Volvió a sentir una opresión en el pecho, y tuvo el impulso infantil de decirles que cerraran la puerta y despegaran de nuevo rumbo a Nueva York. Era como si algo estuviera esperándolo al otro lado de aquella puerta. Una mezcla de emociones estaban emergiendo a la superficie, y eran tan incómodas que se puso en pie de un salto, como para sacudírselas.

Se dirigió hacia la puerta, consciente de las miradas del personal. Estaba acostumbrado a que la gente observara sus reacciones, pero en aquel momento le molestó enormemente.

Lo primero que experimentó fue un golpe de calor, seco y abrasador. Extrañamente familiar. Aspiró el aire de Atenas por primera vez en su vida, y el corazón le dio un vuelco ante la intensa sensación de familiaridad. Siempre había creído que, si iba allá, traicionaría el recuerdo de su abuela, pero en aquel momento sentía como si ella estuviera a su lado, animándolo. Para un hombre cerebral como él, era una sensación extraña y perturbadora.

Se puso unas gafas de sol mientras sentía un desagradable cosquilleo. Tenía la sensación de que todo en su vida iba a cambiar.

Al mismo tiempo, en otro lugar de Atenas

–Inspira hondo y dime cuál es el problema, Delphi. No puedo ayudarte si no me lo cuentas.

Eso sólo provocó más lágrimas. Ángela le tendió otro pañuelo, mientras un escalofrío le recorría la espalda. Su medio hermana pequeña habló entre sollozos.

–Yo no hago cosas así, Ángela. ¡Soy estudiante de Derecho!

Ángela le recogió el cabello tras una oreja y dijo suavemente:

–Lo sé, cariño. Escucha: sea lo que sea, no puede ser tan malo, así que cuéntamelo para que podamos hacer algo al respecto.

Lo dijo con total confianza. Delphi era introvertida, demasiado callada. Siempre lo había sido, pero se había intensificado desde el trágico accidente que había acabado con la vida de su hermana gemela, Damia, hacía seis años. Desde entonces, se había enfrascado en libros y estudios. Así que, cuando con un hilo de voz anunció que estaba embarazada, Ángela simplemente no registró las palabras.

–¿Me has oído? Estoy embarazada –insistió Delphi–. Ése es el problema.

Ángela apretó con fuerza las manos de su medio hermana y la miró a los ojos, tan diferentes de los suyos a pesar de que compartían el mismo padre.

Intentó que la conmoción no se adueñara de ella.

–¿Cómo ha sucedido? –inquirió, e hizo una mueca–. Quiero decir, sé cómo, pero...

Su hermana bajó la vista, con culpabilidad y las mejillas encendidas.

–Ya sabes que la relación entre Stavros y yo se ha vuelto más seria... –respondió Delphi, y la miró.

Ángela se derritió ante la confusión que vio en su rostro.

–Ambos queríamos. Sentimos que era el momento, y deseábamos hacerlo con alguien a quien amáramos...

A Ángela se le encogió el corazón. Ella también había deseado lo mismo, hasta que... Su hermana continuó, sacándola de su doloroso recuerdo.

–Tuvimos cuidado, usamos protección, pero... se rompió –explicó, ruborizándose–. Decidimos esperar hasta ver si había algo de lo que preocuparnos... y ahora lo hay.

–¿Stavros lo sabe?

Delphi asintió y la miró tímidamente.

–No te lo había dicho, pero el mes pasado, por mi cumpleaños, me pidió que me casara con él.

No suponía una sorpresa, los dos llevaban toda la vida como una feliz pareja.

–¿Se lo ha contado él a sus padres?

Delphi asintió, y se le inundó el rostro de lágrimas.

–Su padre le ha amenazado con desheredarlo si nos casamos. Ya sabes que nunca les ha gustado nuestra familia...

Ángela se encogió por dentro. Stavros provenía de una de las familias más antiguas de Grecia, y sus padres eran unos esnobs empedernidos. Pero antes de que pudiera decir nada, Delphi continuó con voz trémula.

–Y ahora es peor, porque la familia Parnassus ha regresado a casa, y todo el mundo sabe lo que sucedió. Y con nuestro padre en bancarrota...

Una conocida sensación de vergüenza se apoderó

de Ángela al oír mencionar ese nombre. Muchos años atrás, su familia había cometido un terrible crimen contra los Parnassus, mucho más pobres que ellos, acusándolos falsamente de un horrendo asesinato. Sólo recientemente habían reparado el daño: su tío abuelo Costas, el autor del crimen, había confesado todo en una nota antes de suicidarse, y entonces la familia Parnassus, exitosa y enormemente rica al cabo del tiempo, había visto su oportunidad de vengarse, y había regresado a Atenas desde Estados Unidos envuelta en gloria. El consecuente escándalo y la reorganización del poder había repercutido en que Tito Kassianides había empezado a perder negocios y dinero, hasta el punto de que la familia se enfrentaba a la bancarrota. Peor aún, Parnassus se había asegurado de que todo el mundo supiera la detestable manera en que los Kassianides habían abusado de su poder a conciencia.

—Stavros quiere que nos fuguemos...

Aquello devolvió a Ángela al presente. Iba a contestar, pero su hermana la detuvo.

—Pero no se lo permitiré. Sé lo importante que es para él entrar en política algún día, y esto podría arruinar todas sus posibilidades.

Ángela se maravilló ante aquella actitud desinteresada. Tomó a su hermana de las manos.

—¿Y qué me dices que ti, Delphi? También te mereces ser feliz, y un padre para tu bebé.

En el piso de abajo se oyó un portazo y ambas dieron un respingo.

—Ya está en casa... —susurró Delphi, con una mezcla de temor y desprecio en su voz, mientras los inarticulados rugidos de su padre borracho se elevaban desde el piso inferior.

Los ojos se le llenaron de lágrimas de nuevo, y Ángela fue consciente del nuevo estado de su hermana pequeña, quien necesitaba a toda costa protegerse de cualquier escándalo o de perder a Stavros. La tomó de los hombros e hizo que la mirara.

–Has hecho bien en contármelo, corazón. Compórtate como si todo estuviera igual que siempre y encontraremos una solución. Ya lo verás.

–Pero nuestro padre cada vez está más fuera de control –replicó Delphi casi histérica–, y nuestra madre, a punto de venirse abajo...

–No te preocupes. ¿Acaso no he estado siempre contigo?

Al decir eso, se le encogió el corazón. Cuando Delphi más la había necesitado, tras la muerte de Damia, su hermana gemela, ella no había estado a su lado. Por eso se había prometido seguir viviendo en aquella casa hasta que su hermana alcanzara la independencia.

Delphi asintió hecha un mar de lágrimas y la miró con tal confianza, que Ángela sintió un abrumador pánico. Le enjugó las lágrimas.

–Tienes exámenes dentro de pocos meses, y suficientes cosas en las que pensar. Yo me ocuparé del resto.

Su hermana la abrazó fuertemente. Ángela correspondió, emocionada. Tenía que asegurarse de que Stavros y ella se casaban. Delphi no era una tan dura ni provocadora como había sido su hermana gemela. Y además, si su padre se enteraba...

Delphi se separó y pareció leerle el pensamiento.

–¿Y si nuestro padre...?

Ángela la interrumpió.

–No se enterará. Te lo prometo. Y ahora, intenta dormir. No te preocupes, yo me ocuparé de todo.

Capítulo 1

Y O ME ocuparé de todo». Aquellas palabras fatalistas todavía reverberaban en la cabeza de Ángela una semana después. Había intentado hablar con el padre de Stavros, pero él no se había dignado a recibirla. No podía haber dejado más claro que los consideraba la lacra de la sociedad.

—¡Kassianides!

El grito de su jefe la sacó bruscamente de sus sombríos pensamientos. Debía de ser la segunda o tercera vez que la llamaba, a juzgar por la impaciencia en su rostro.

—Cuando dejes de estar en Babia, acércate a la piscina y asegúrate de que todo está despejado y las velas adornan las mesas.

Ella masculló una disculpa y se marchó corriendo. En realidad, su preocupación la había distraído de algo mucho más aterrador y estresante: se hallaba en la mansión de los Parnassus, en lo alto de las colinas de Atenas, para trabajar como camarera en una fiesta en honor de Leonidas Parnassus, el hijo de Georgios Parnassus. Se rumoreaba que tal vez iba a hacerse cargo del negocio familiar. Sería un golpe maestro, ya que Leo Parnassus se había convertido en un emprendedor multimillonario por su cuenta.

Se detuvo en seco y se llevó una mano al pecho,

cada vez más histérica. Aquél era el peor lugar donde podría hallarse, hogar de la familia que odiaba enardecidamente a la suya. Dentro poco, ella, Ángela Kassianides, estaría sirviendo bebidas a lo mejor de la sociedad ateniense delante del mismo Parnassus. Sólo con pensar en lo que haría su padre si la viera, le invadió un sudor frío.

Se obligó a ponerse en marcha. Suspiró aliviada tras echar un rápido vistazo a la zona de la piscina y no ver a nadie. Los invitados aún no habían empezado a llegar y, aunque algunos se alojaban en la mansión, estarían arreglándose para la fiesta. Aun así... un incómodo cosquilleo le erizó el vello.

No había podido evitar acudir allí esa noche. Sólo a mitad de camino de su destino, sus colegas camareros y ella habían sabido adónde se dirigían en el minibús de la empresa, debido a «razones de seguridad». Y Ángela sabía que, si se hubiera negado a trabajar, su jefe la habría despedido en el acto. Y ella no podía permitírselo, dado que sus ingresos eran lo único que permitía a su hermana continuar con sus estudios universitarios, y poder comer todos los días.

Intentó darse seguridad: su jefe era inglés, y se había mudado a Atenas recientemente con su mujer anglogriega. No conocía quién era ella, ni su escandalosa conexión con la familia Parnassus.

Observó las mesas adornadas con manteles blancos de Damasco, y comenzó a colocar velas en los candelabros que las adornaban. Dio gracias nuevamente porque ninguno de los demás compañeros fueran atenienses: la empresa tenía tanto trabajo, que para aquella ocasión habían llamado a empleados ocasionales, y todos eran extranjeros o de fuera de Atenas.

Su único temor residía en que algún invitado de la

fiesta la reconociera. Pero estaba segura de que, con su uniforme, nadie se detendría a mirarla. Tal vez podía quedarse en la cocina, preparando las bandejas, y evitar así...

Oyó un ruido y se sobresaltó: había alguien en la piscina. Lentamente, colocó la última vela y se apresuró a regresar a la cocina. Como si lo hubiera sabido a nivel inconsciente, pero lo hubiera ignorado, se dio cuenta de que alguien debía de haber estado todo el tiempo en el agua, pero sin nadar, y por eso ella no lo había advertido.

Además, estaba empezando a oscurecer. Miró rápidamente hacia la derecha al captar movimiento, y casi se desmayó ante lo que veían sus ojos.

Un dios griego de piel cetrina estaba saliendo del agua con un movimiento ágil, y gotas de agua caían en cascada por sus poderosos músculos. Todo parecía ir a cámara lenta. Ángela sacudió la cabeza, pero la tenía acorchada. Los dioses griegos no existían. Aquél era un hombre de carne y hueso. Se dio cuenta de que lo estaba mirando embobada y le entró pánico.

Pero su cuerpo no obedecía sus órdenes de moverse y, cuando lo hizo, fue totalmente descoordinada. Para mayor horror suyo, al recular se tropezó con una silla y estuvo a punto de caerse. Cosa que habría sucedido si el hombre no hubiera llegado a su lado como una bala y la hubiera sujetado. De esa forma, en lugar de hacia atrás, cayó sobre el pecho de él, al tiempo que lo abrazaba por el cuello.

Durante un largo momento, intentó convencerse de que aquello no estaba sucediendo. De que no estaba inhalando una embriagadora mezcla de especias y algo muy terrenal. Que no se hallaba apoyada sobre un pecho desnudo y mojado, tan duro como el acero, y con la boca a meros centímetros de aquella piel cubierta de vello masculino.

Se separó, obligándose a romper su abrazo, y le ardieron las mejillas al elevar la mirada desde aquel ancho pecho hasta el rostro de su propietario.

–Lo siento mucho. Me he asustado. No había visto...

Vio que él enarcaba una ceja, y tragó saliva. El rostro era tan bello como el resto del cuerpo. Qué hombre tan irresistible, de cabello negro y abundante, pómulos marcados y mandíbula cuadrada. El gesto de la boca era severo, pero insinuaba una sensualidad que le hizo estremecerse.

De pronto, él sonrió y ella tuvo que sujetarse de nuevo para no caerse: advirtió una delgada cicatriz desde el labio superior hasta la nariz, y tuvo que contenerse para no tocarla. ¿Cómo era posible que un extraño le generara esa reacción?

–¿Estás bien?

Ángela asintió levemente. Él tenía acento estadounidense. Tal vez era un colega de negocios, un invitado que se alojaba en la mansión. Aunque eso no acababa de convencerla. No podía pensar con claridad, pero intuía que él era «alguien». Tuvo que esforzarse para recordar dónde estaba y qué había ido a hacer allí. Quién era ella.

Asintió.

–Sí, estoy bien.

Él frunció ligeramente el ceño, sin dar mayor importancia a encontrarse medio desnudo.

–¿No eres griega?

Ángela negó y asintió después.

–Soy griega. Pero también medioirlandesa. Pasé mucho años en internados allí... así que mi acento es más neutro.

Cerró la boca. ¿Qué tonterías estaba diciendo?

El hombre frunció algo más el ceño y recorrió su uniforme con la mirada.

–¿Y estás trabajando de camarera hoy aquí?

Al oír su tono incrédulo, Ángela recuperó la cordura. En Grecia, sólo las hijas de las familias adineradas salían a estudiar fuera. Se sintió muy expuesta. Debía hacerse notar lo menos posible, no ponerse a hablar con los invitados de los anfitriones.

Se separó de nuevo y clavó la vista en el hombro de él.

–Discúlpeme, tengo que regresar al trabajo.

Estaba a punto de darse media vuelta, cuando oyó la voz lacónica de él:

–Tal vez quieras secarte antes de empezar a servir champán.

Ángela siguió la mirada de él, detenida en sus senos. Ahogó un grito al ver que estaba empapada, y se apreciaban claramente su sujetador blanco y sus pezones erectos. ¿Cuánto tiempo había estado apoyada sobre él?

Ahogando un grito de mortificación, dio varios pasos atrás y estuvo a punto de tropezarse de nuevo con otra silla, asunto que evitó antes de que pudiera repetirse el rescate anterior. Y mientras volaba escaleras arriba, sólo pudo oír una carcajada burlona.

Algo después, Leonidas Parnassus paseó la vista por el abarrotado salón e intentó contener su irritación al no localizar a la camarera. Le había incomodado su urgencia de verla de nuevo, nada más entrar en el salón principal de la fiesta. También le había molestado lo vívido de su recuerdo mientras se duchaba, circunstancia que le había obligado a usar sólo agua fría.

La imagen de ella aparecía una y otra vez en su mente, burlando sus intentos de ignorarla. Recordaba sus mejillas encendidas, sus claros ojos azules enmarcados entre espesas pestañas, mirándolo como un cervatillo asustado. Como si no hubiera visto nunca un hombre.

Recordó su lunar sobre el carnoso labio superior, y el efecto sobre él de cintura para abajo. Frunció el ceño. No le gustaban esas respuestas tan arbitrarias de su cuerpo. Pero, cuando la había visto llegar junto a la piscina y realizar su tarea, con movimientos rápidos y eficaces, y su sedoso cabello castaño recogido en un moño alto, algo le había conmovido; algo acerca de la profunda preocupación que la embargaba, ya que era evidente que no le había visto. Y él no era un hombre que pasara desapercibido.

La irritación lo invadió de nuevo. ¿Por qué no la veía? ¿Habría sido un invento de su imaginación? Entonces, vio acercarse a su padre con un colega, y forzó una sonrisa, irritado por sentirse esclavo de una camarera cualquiera.

Le distrajo momentáneamente lo frágil que se había vuelto su padre desde la última vez que lo había visto. Como si algo en su interior hubiera cambiado sutil pero profundamente. Una profunda sensación de inevitabilidad lo invadió: él, Leo Parnassus, era necesario allí, a pesar de tener su propio imperio. Pero ¿era aquél realmente su lugar? Pensó: «hogar», y se le aceleró el corazón.

Pensó en su lujoso ático de Nueva York, y en los rascacielos de acero y plata del lugar donde vivía. Pensó en su amante, tan experimentada y siempre impecable. Pensó en qué sentiría al alejarse de todo aquello y... no sintió nada.

Atenas, en la semana que llevaba allí, le había sorprendido: sentía como si se hubiera conectado a una parte básica de su alma. Algo había renacido en su interior, y no quedaría relegado a algún lugar lejano y oculto.

Justo entonces, contribuyendo a aquel sentimiento, vio algo en la esquina más lejana del salón: un sedoso cabello recogido en un moño, dejando ver un cuello largo y delgado; una espalda delgada y familiar.

Notó que el corazón se le aceleraba, y aquella vez a un ritmo diferente.

Ángela estaba esforzándose por mantener la cabeza gacha, para no encontrarse con ninguna mirada. Había hecho todo lo posible por quedarse en la cocina, preparando las bandejas para sus compañeros, pero su jefe la había enviado al salón principal dado que era su empleada con más experiencia.

De pronto, advirtió que Aristóteles Levakis la miraba fijamente, con el ceño fruncido, desde el extremo opuesto de la sala, y se le encogió el estómago de pánico renovado: aquello era un desastre en ciernes. Él la conocía, porque sus padres habían tenido una relación cordial antes de que el suyo falleciera. Y era socio de Parnassus.

Ángela, que llevaba una bandeja con copas de vino tinto, tropezó con una compañera. La bandeja se tambaleó y, con creciente horror, ella vio cómo las cuatro copas llenas de vino se derramaban sobre el prístino vestido blanco de una de las invitadas.

Durante un segundo no sucedió nada. La mujer se quedó mirando su vestido horrorizada. Y de pronto, soltó un chillido tan agudo que Ángela se estremeció.

Al mismo tiempo, un terrible silencio se extendió por la sala.

—¡Estúpida chica!

Justo entonces, igual de repentinamente, vio aparecer una enorme sombra a su lado: el hombre de la piscina. El corazón se le detuvo un instante, y luego empezó a latir desenfrenado. El hombre le guiñó un ojo y se llevó a la mujer a un lado, donde le habló en voz baja. Ángela vio que su jefe se acercaba para solucionar el asunto. Y contempló cómo él y la mujer eran despachados rápidamente, y el hombre se giraba hacia ella. Resultaba tan intimidante con su fabuloso esmoquin, que el asombro estaba dejándola sin habla, sin respiración y sin poder moverse.

Él le quitó con tranquilidad la bandeja vacía de las manos y se la entregó a otro camarero. El estropicio de las copas caídas estaba siendo limpiado. Ángela habría dicho que lo limpiaba ella, si hubiera podido hablar.

Todo el mundo a su alrededor pareció desvanecerse y, tomándola suave pero firmemente del brazo, él la sacó de la habitación y, atravesando unas puertas, llegaron hasta una amplia terraza.

El aire fresco y fragante de la noche envolvió a Ángela como una caricia, aunque en su interior estaba ardiendo: de vergüenza y de sentir aquella mano en su brazo. Se detuvieron junto a una pared baja, a lo largo de la cual un césped inmaculado se perdía en la distancia.

El silencio los rodeaba, denso, aunque les llegaba amortiguado el sonido de la fiesta. ¿Había él cerrado las puertas, tal vez para que tuvieran más intimidad? Ángela se estremeció ante la idea. Elevó la mirada y, con gran esfuerzo, se soltó del suave pero devastador agarre. Él sonrió al tiempo que se metía las manos en los bolsillos. Resultaba tan irresistible, que Ángela sintió que iba a desmayarse de nuevo.

—Así que volvemos a encontrarnos.

Ángela obligó a su cerebro a conservar algo de cordura, pero por más que lo deseara, temía que su voz no saliera tan tranquila como le gustaría.

—Lo siento... debe de creer que soy una patosa. Normalmente no soy tan torpe. Gracias por su...

Hizo un gesto hacia el salón, sintiéndose fatal al recordar la mancha roja sobre el vestido blanco.

—Por haber tranquilizado la situación. Aunque no creo que mi jefe me perdone. Ese vestido debía de valer como todo mi sueldo de un año.

Él le restó importancia con un gesto de la mano.

—Considéralo resuelto. He visto lo que sucedió, fue un accidente.

Ángela ahogó un grito.

—No puedo permitírselo. Ni siquiera sé quién es usted.

La despreocupación y demostración de riqueza de aquel hombre le heló algo en el pecho. Su interior más profundo rechazaba aquella esfera social. Había crecido en ella, y le recordaba demasiado a la parte sombría de su propia familia.

Los ojos de él brillaron peligrosamente.

—Al contrario. Yo diría que vamos bien encaminados para... conocernos.

Una corriente eléctrica pareció desatarse en aquel momento. Ángela vio que él se le acercaba, y contuvo el aliento; no podía pensar, ni hablar. Le sostuvo la mirada y, por segunda vez aquel día, advirtió que sus ojos parecían arder con una llama dorada.

Él le acarició la mandíbula con un dedo, dejando un rastro ardiente a su paso.

–No he podido dejar de pensar en ti.

El hielo que se había instalado en el pecho de Ángela se derritió.

–¿De veras?

Él asintió.

–Y en tu boca.

–Mi boca... –repitió ella como una tonta.

Clavó la mirada en la boca de él, y se fijó de nuevo en la cicatriz del labio superior. El deseo de recorrerla fue tan poderoso, que se estremeció.

–¿Estás pensando en cómo sería si mi boca besara la tuya ahora?

Ángela elevó la mirada y se encontró con aquella ardiente como oro líquido. Su cuerpo respondió encendiéndose de cintura para abajo. Sintió la urgencia de apretar las piernas, como si eso pudiera calmar el deseo que estaba creciendo allí.

De pronto desapareció la distancia y sólo podía verlo a él, tan alto que bloqueaba el cielo, acercando su cabeza cada vez más a ella. Olía a almizcle y a pasión. Ángela sintió que su cuerpo respondía desde su vientre, como si reconociera ese olor a un nivel primario.

Intentando agarrarse desesperadamente a algo racional, elevó una mano para detenerlo, decirle que no... Pero la boca de él estaba tan cerca que podía sentir su aliento mezclándose con el suyo. Le cosquillearon los labios. Deseaba que la besara, con tanta intensidad que se acercó de forma muy reveladora.

–Señor Parnassus...

Ángela había tenido los ojos cerrados, pero los abrió repentinamente. Sus bocas estaban a punto de tocarse. Pero el nombre que acababa de oír explotó en su conciencia. *Señor Parnassus.*

La realidad los golpeó, al tiempo que la cacofonía de la fiesta les llegaba a través de las puertas abiertas. Ángela apenas se dio cuenta de que retiraba la mano de él y daba un paso atrás. La conmoción empezaba a apoderarse de todo su cuerpo.

Otra persona apareció en el patio. El mayordomo que había estado allí, quién sabe cuánto tiempo, se desvaneció discretamente. La recién llegada era la esposa del anfitrión, Olympia Parnassus.

–Leo, cariño, tu padre está buscándote. Casi es la hora de tu discurso.

Ángela advirtió que, con un suave movimiento, había quedado oculta a la vista de la mujer.

–Dame un par de minutos, Olympia –respondió él, implacable.

Evidentemente, estaba acostumbrado a dar órdenes y que se cumplieran. Era Leonidas Parnassus.

Ángela apenas oyó el comentario de la mujer, que luego se dio media vuelta y regresó a la fiesta, cerrando las puertas a su paso.

La conmoción empezaba a apoderarse de Ángela, que empezó a reaccionar: tenía que salir de allí.

Advirtió que Leonidas Parnassus se había girado hacia ella, pero no fue capaz de mirarlo. Sintió su cálida mano en la barbilla y le entraron náuseas. Sólo podría haber evitado aquella mirada cerrando los ojos, y esa idea le daba pánico. Vio la sonrisa sexy de él.

–Te ruego disculpes la interrupción. Tengo que marcharme dentro de un minuto, pero... ¿dónde estábamos?

Tenía que salir de allí cuanto antes, se dijo Ángela. ¡Había estado a punto de besar a Leonidas Parnassus, el hombre que estaba recreándose en arruinar públicamente a su familia! La rabia se apoderó de ella. Pensó en Delphi, tan vulnerable en aquellos momentos: ninguna de las dos se merecían estar pagando por algo que había sucedido décadas atrás.

Apartó la mano de él y habló con tono gélido.

—No sé a lo que está jugando, pero debo volver al trabajo. Si mi jefe me viera aquí, me despediría en el acto, lo cual es algo que obviamente nunca le ha ocurrido a usted.

Él se la quedó mirando un largo momento, antes de erguirse en toda su magnitud y apartarse ligeramente. El hombre bromista y sexy de momentos antes se había desvanecido, y en su lugar quedaba el hijo y heredero de una vasta fortuna, destilando una arrogante confianza en sí mismo. Un hombre que se había convertido en millonario por sí solo. Por eso ella había percibido que era «alguien»...

Ángela tuvo que reprimir un escalofrío ante la repentina frialdad de su mirada.

—Disculpa —dijo él en tono helador—. De haber sabido que te parecía tan repugnante, no habría intentado besarte.

Su actitud contradecía sus palabras. No estaba arrepentido para nada. Volvió a tomarla de la barbilla. Ángela sintió que se le disparaba el corazón y se le encendían las mejillas.

—¿A quién pretendes engañar, muñeca? Conozco los signos del deseo, y ahora mismo estás casi jadeando por mí, al igual que ha sucedido junto a la piscina.

Ángela le apartó la mano bruscamente, presa del pánico. Si él sospechara siquiera quién era ella...

—No sea ridículo. No lo estoy. Quiero que se aparte de mi camino, por favor, para que pueda regresar a mi trabajo.

–Voy a hacerlo, pero no sin antes haber demostrado que tus palabras son mentira –masculló él.

Antes de que Ángela pudiera tomar aliento, él tomó su rostro entre ambas manos y la besó arrolladoramente. Ella intentó soltarse, pero era como intentar ir contra una poderosa corriente.

Su boca, abierta de la sorpresa, había supuesto una invitación para él, que hundió su lengua salvajemente, buscando la de ella y sorbiéndola con fuerza. Ángela se estremeció al ser besada tan íntimamente.

El cuerpo se le había tensado ante la reacción de él, pero su urgencia de pelear iba disipándose cada vez más. Lo único que sentía eran aquellas manos fuertes, y tan grandes que le cubrían toda la cabeza, entrelazando sus largos dedos entre su cabello, y masajeándole el cráneo. Y, mientras tanto, su boca y su lengua la sumían en una profunda espiral hacia lo desconocido.

Ella no sabría decir cuándo dejó de intentar apartarle las manos, ni cuándo lo abrazó por el cuello. Sólo supo que la realidad fue dejando de existir conforme se besaban con furiosa intensidad. Sus cuerpos se apretaban uno contra otro fuertemente. El ensordecedor latido de sus corazones ahogaba los temores y preocupaciones. Ángela se puso de puntillas para acercarse aún más a él y, cuando sintió la creciente erección, el cerebro se le cortocircuitó por completo.

Súbitamente, todo acabó y él estaba separándose. Ángela hizo un traicionero movimiento hacia él, resistiéndose a dejarlo marchar, con las manos extendidas donde antes abrazaban los hombros de él. Sólo entonces se dio cuenta de que él las tenía sujetas... y una terrible sospecha le invadió. ¿Había tenido que apartárselas a la fuerza? Intentó evaluar la situación y tranquilizarse, avergonzada. El corazón le latía con fuerza. Estaba muda y mareada.

Leonidas Parnassus la miró con el rostro encendido, ¿sería de ira, o de satisfacción por haber demostrado que tenía razón? Su mortificación aumentó.

Sonó una discreta tos cerca de ellos.

—Señor, si es tan amable de acudir junto a su padre...

Ángela se sorprendió ante el rostro impertérrito de Leonidas.

—Enseguida voy —le oyó responder, sin apartar la mirada de ella.

Él parecía estar totalmente al mando, sólo traicionado por sus mejillas encendidas. Ángela se sentía a punto de desmoronarse. Hizo ademán de decir algo, pero él la cortó.

—Espérame aquí. Aún no he acabado contigo —le advirtió él, y se dio media vuelta.

Ángela lo observó volver con pasos enérgicos al abarrotado salón.

No podía creer lo que acababa de suceder.

En estado de shock, se llevó un dedo a los labios, aún enrojecidos de tantos besos. Avergonzada y disgustada consigo misma, recordó cómo se había arqueado licenciosamente hacia él... casi como si quisiera meterse en su piel. Ni siquiera en el momento más apasionado de su relación con Aquiles había sentido un deseo tan intenso, capaz de borrar todo pensamiento de su mente. Pero aquello había sido parte del problema...

Se sentía expuesta, y dolorosos recuerdos comenzaban a asaltarla, como si no fuera suficientemente duro asimilar lo que acababa de suceder.

La multitud del salón comenzó a callarse y, desesperada, Ángela buscó una escapatoria. Se apresuró escaleras abajo, camino de la cocina, sabiendo que podía olvidarse de aquel empleo. El incidente con el vino sería causa suficiente; desaparecer con el invitado de honor sólo lo reforzaría.

Su jefe pronto descubriría quién era ella, y no quería estar presente cuando sucediera.

De vuelta en la cocina, agarró sus cosas y se alejó de la reluciente mansión sin mirar atrás.

Leo escuchó de pie el emotivo discurso de su padre, Georgios Parnassus, en el que no había ocultado que estaba preparado para traspasar a su hijo las riendas del poder. De nuevo, Leo sintió un orgullo primigenio. Aunque no iba a dar a su padre la oportunidad de capitular tan fácilmente, no podía negar que necesitaba reivindicar su derecho a estar allí, algo que le había sido arrebatado.

Su padre no era ningún tonto. Sin duda había contado con aquello al pedirle que acudiera a Grecia, pero él no iba a permitirle todavía descubrir que había ganado.

Mientras se desvanecía el entusiasmado aplauso tras el discurso, Leo comprobó que su cuerpo seguía hirviendo de deseo por la mujer a la que había dejado en el patio. Miró por las puertas, abiertas de nuevo, pero no la vio. Se irritó al pensar que ella tal vez se habría marchado, cuando él le había ordenado que esperara. Y de momento, se hallaba atrapado por los habituales aduladores, todos intentando conseguir algo de él.

Se moría de ganas de salir de aquel salón y terminar lo que habían empezado. Se encontraba en un momento crucial en su vida, y lo único en lo que podía

pensar era en una camarera sexy que había tenido la
temeridad de encenderlo, enfriarlo y volverlo a encen-
der. La ira se apoderó de él, sorprendido. Nunca le había sucedido aquello. Había encontrado mujeres dis-
puestas a todo para lograr su interés, pero no les había
funcionado. Él no perdía el tiempo con juegos. Las
mujeres de su vida eran experimentadas, maduras... y
conocían las reglas: nada de lazos emocionales, nada
de juegos.

Pero cuando ella lo había mirado como si fuera un
inexperto intentando aprovecharse de ella... se había
puesto furioso. Nunca había sentido aquel deseo de
demostrarle que estaba equivocada, de dejarle huella,
ni la implacable necesidad de besarla de aquella manera... Y luego, cuando había sentido que su inicial re-
sistencia se desvanecía, y ella se excitaba en sus brazos, correspondiendo a sus besos con tanta pasión...

—Georgios no podía haber sido más obvio. ¿Así
que estás listo para caer en la trampa, Parnassus?

Leo estaba tan sumido en sus pensamientos que
necesitó unos segundos para que su mente regresara a
aquella habitación. La multitud que lo rodeaba antes
había desaparecido. Parpadeó y vio a Aristóteles Levakis, el socio de su padre, mirándolo atentamente. Le
caía bien: habían trabajado juntos con motivo de la fusión, aunque él lo había hecho desde Nueva York.
Hizo un esfuerzo para recordar lo que Ari acababa de
decirle. Se obligó a sonreír y bromeó.

—¿Crees que voy a decírtelo, y que mi decisión la
conozca toda Atenas por la mañana?

Ari rió de buena gana. Leo intentó concentrarse en
la conversación, aunque no dejaba de buscar un moño
de sedoso cabello castaño. ¿Y si ella se había marchado? Ni siquiera sabía su nombre.

–Me ha sorprendido verla aquí. He visto que te la has llevado afuera. ¿Le has pedido que se marche? –comentó Ari, sacudiendo la cabeza–. Debo admitir que tiene valor...

Leo se quedó helado.

–¿A quién te refieres?

–A Ángela Kassianides. La hija mayor de Tito. Es la camarera que ha derramado el vino sobre Pia Kyriapoulos, la que te has llevado fuera de la sala. Todos hemos creído que estabas diciéndole que se marchara –añadió Ari, y miró alrededor–. Y no he vuelto a verla, así que no sé lo que le habrás dicho, pero ha funcionado.

Leo reaccionó instintivamente al oír el apellido Kassianides. Pertenecía al enemigo, representaba pérdida, dolor, humillación. Frunció el ceño, intentando comprender.

–¿Era una Kassianides?

Ari asintió.

–¿No lo sabías?

Leo negó con la cabeza, intentando asimilar la información. ¿Cómo iba a saber él quiénes eran los hijos de Tito Kassianides? No habían tratado directamente con la familia durante la fusión, que había sido lo que había precipitado su bancarrota. Había sido una venganza limpia, pero en aquel momento le pareció insuficiente, tras haber conocido a una de ellas. Tras haber besado a una de ellas.

Se sintió enormemente vulnerable: si Ari la había reconocido, seguramente otros también. Él la había sacado con la idea de quedarse a solas con ella y explorar su atracción mutua, sin saber quién era. La furia se apoderó de él. ¿Habría ella planeado algún incidente? ¿A qué demonios había estado jugando, seduciéndolo con sus enormes ojos azules, y luego fingiendo que no lo deseaba? Su reacción de sorpresa en la piscina se debía a que lo había reconocido, no a la atracción que él había creído advertir. Esa idea lo enfureció. Nunca se había sentido tan expuesto...

¿La habría enviado su padre, como parte de un plan? Se tensó en repulsa de esa idea. Y justo vio a su padre acercándosele con un grupo de hombres. No tenía tiempo para procesar lo ocurrido, se dijo, y durante el resto de la noche, tuvo que fingir, sonreír y ocultar que lo que en realidad deseaba era quitarse la pajarita y la chaqueta, encontrar a Ángela Kassianides, y obtener algunas respuestas.

Una semana después. Nueva York

Leo contempló las vistas de Manhattan desde su despacho, sin verlas realmente. Lo único que veía desde que había regresado de Atenas era el rostro angelical de Ángela Kassianides con los ojos cerrados, justo antes de besarla. Se burló de sí mismo. Ángela. Que nombre más adecuado.

Se obligó a dejar de pensar en ella y en Atenas. No se lo había confesado a nadie, y menos aún a su padre, pero esa ciudad había cambiado algo fundamental dentro de él. Aunque había nacido y crecido en Nueva York, nunca le había llamado la atención. Sólo era una selva de rascacielos.

Incluso, había telefoneado a su amante aquella misma mañana, después de haberla evitado durante toda la semana, algo poco usual en él, y había roto con ella. Aún tenía su chillido grabado en el tímpano, pero en el fondo había experimentado alivio.

Ángela. Le irritaba la facilidad con la que ella invadía sus pensamientos. No había podido ir en su busca debido a una crisis en su empresa matriz; crisis que tenía aspecto de ir a durar varias semanas, para irritación suya, pero que no estaba logrando hacerle olvidar a aquella mujer. No estaba acostumbrado a que le sucediera eso, y menos aún cuando ni siquiera se habían acostado.

Hervía de ira. Era la primera vez que se sentía como un tonto, y no iba a permitirlo ni un momento más. Ángela Kassianides estaba jugando con fuego si creía que podía tomarle el pelo a un Parnassus. A él. ¿Cómo se atrevía, más aún después de todo lo que su familia le había hecho a la de él? ¿Y en la noche de su presentación en la sociedad ateniense?

El descaro de ella lo conmocionó de nuevo. Obviamente, los Kassianides no aceptaban dejar tranquilo el pasado. ¿Querían avivar la vieja enemistad o, peor aún, pelear a muerte hasta volver a quedar sin rival?

Frunció el ceño. ¿Contarían con el apoyo de miembros de la élite de la antigua Atenas? Tal vez debía preocuparle la amenaza... Y entonces, se reprendió a sí mismo. Quizás el hecho de que Ángela hubiera estado allí aquella noche no fuera más que una coincidencia.

Una vocecita le pinchó: ¿también era coincidencia que, de toda la gente presente, ella fuera la única en la que se había fijado? Apretó los puños. No iba a permitir que ella se saliera con la suya.

Sacó su teléfono móvil e hizo una llamada concisa. Al terminar, volvió a contemplar las vistas. Acababa de dar una noticia trascendental, sin alterarse: iba a regresar a Atenas y a hacerse cargo de Parnassus Shipping. Lo invadió un cosquilleo.

La idea de ver de nuevo a Ángela Kassianides, y obligarla a que se explicara, hizo que le hirviera la sangre. Apretó la mandíbula, conteniendo la impaciencia que le urgía a poner en práctica su decisión e ir ya mismo. Pero antes, debía solucionar la crisis de su negocio de Nueva York. Esperaría el momento oportuno, y mientras tanto tendría que aplacar aquella urgencia de marcharse. Se dijo a sí mismo que Ángela Kassianides no influía en su decisión; aunque iba a ser uno de los primeros asuntos que atendiera.

Capítulo 2

Un mes después

El corazón iba a salírsele del pecho. Ángela sintió un sudor frío por todo el cuerpo. Por segunda vez en pocas semanas, se encontraba en el peor lugar del mundo para ella: la mansión Parnassus. Sentía náuseas al recordar lo sucedido en la terraza. Cerró los ojos y respiró hondo. No debía pensar en Leo Parnassus en aquel momento, ni en lo que le había hecho sentir justo antes de descubrir quién era. Ni en lo difícil que había sido olvidarle.

Abrió los ojos e intentó distinguir las habitaciones en la tenue luz. Para su alivio, el lugar parecía estar vacío. Había leído en la prensa acerca de la mala salud de Georgios Parnassus, y que se hallaba descansando en una isla griega recientemente adquirida. Sintió el abultado documento en el bolsillo interior de su chaqueta. Por eso había ido allí, se recordó. Estaba haciendo lo correcto.

Unos días atrás, se había anunciado oficialmente que Leonidas Parnassus iba a tomar las riendas de la empresa familiar, y a dejar Nueva York para establecerse de manera permanente en Atenas. Desde entonces, Ángela se había vuelto más nerviosa y su padre más amargado y mordaz, al ver que sus posibilidades de redimirse disminuían.

El día anterior, al regresar a casa de su nuevo empleo, Ángela había encontrado a su padre borracho, riéndose de un grueso documento en sus manos. Al verla entrar, la había llamado y ella había obedecido, a su pesar; pero sabía bien que no debía contrariarlo.

–¿Sabes lo que es esto? –le había preguntado él.

Ella había negado con la cabeza.

–Esto, querida hija, es mi billete para salir de la bancarrota. ¿Te das cuenta de lo que tengo en mis manos?

Ella había sacudido la cabeza de nuevo, y un escalofrío le había recorrido la espalda.

–Aquí están los secretos mejor guardados de la familia Parnassus y su destino. Son la última voluntad y el testamento de Georgios Parnassus. Ahora lo sé todo acerca de sus bienes: qué valor tienen exactamente, y cómo planea distribuirlos. También sé que su primera esposa se suicidó. Ellos han querido ocultarlo. ¿Te imaginas lo que sucedería si esto se filtrara a la gente adecuada? Podría hundirlos.

Ángela había sentido náuseas al comprobar que, aun después de tantos años, y de lo que los Parnassus habían soportado, su padre seguía empeñado en alimentar la enemistad. La amargura lo cegaba tanto que no se daba cuenta de que algo así dejaría en peor lugar a su propia familia. Por no mencionar el dolor que causaría a los Parnassus al revelar secretos familiares, si ese suicidio era cierto.

–¿Cómo lo has conseguido?

–Eso no importa –había respondido su padre haciendo un gesto con la mano.

–Has enviado a uno de tus esbirros a robarlo de la mansión –había deducido ella, con una repugnancia demasiado conocida.

La expresión del rostro de su padre había confirmado sus sospechas.

–¿Y qué, si lo he hecho? Y ahora, lárgate. Me pones enfermo: cada vez que te miro me acuerdo de la zorra de tu madre.

Ángela estaba tan acostumbrada a que él le hablara así, que ni se había inmutado. Su padre siempre le había echado la culpa de que su glamurosa madre los abandonara cuando ella tenía dos años.

Había salido de la habitación, esperado un poco y regresado. Su padre se había quedado dormido en su sillón, con una mano agarrando el documento y la otra sujetando una botella vacía de whisky contra su pecho. Roncaba sonoramente. Había sido sencillo quitarle los papeles y salir sin hacer ruido.

A la mañana siguiente, se había llevado el testamento al trabajo, sabedora de que su padre seguiría durmiendo la borrachera. Y casi ya de noche, se había desplazado a la mansión Parnassus. Le había entrado el pánico momentáneamente al encontrarse frente al guarda de seguridad y ser consciente de lo que iba a hacer. Había murmurado algo acerca de que había acudido a la fiesta unas semanas antes y se le había olvidado algo valioso allí.

Para su alivio, tras consultarlo con alguien, el guarda la había dejado entrar. Y aún mejor: no había encontrado a nadie en la cocina, y estaba recorriendo la silenciosa casa en busca del estudio. Dejaría los papeles en un cajón y se marcharía de allí.

No iba a permitir que su padre creara más enemistades entre ambas familias, era lo último que necesitaban. Stavros insistía cada día a Delphi para que se fugaran, pero ella estaba manteniéndose fuerte y negándose, decidida a no arruinar el futuro de Stavros.

Avivar la vieja enemistad con la familia más poderosa de Atenas dificultaría aún más cualquier posibilidad de que ellos dos se casaran. Ángela oía cada noche cómo su hermana lloraba hasta caer rendida, y sabía que la joven pareja podría verse separada para siempre si no ocurría algo pronto. Y además de todo eso, Delphi tenía que preocuparse de sus importantes exámenes de Derecho.

Por un momento, la enormidad de todo aquello estuvo a punto de abrumarla.

Llegó al enorme vestíbulo y se detuvo, intentando calmar sus nervios y su respiración. Se le erizó el vello de la nuca, pero se reprendió: «Aquí no hay nadie. ¡Sigue con el plan!».

Se acercó a una puerta entreabierta y respiró aliviada al ver que se trataba del estudio. La única luz provenía de la luna, la habitación se hallaba sumida en sombras.

Divisó un escritorio y se acercó a él. Tanteando con las manos, encontró un cajón y lo abrió, al tiempo que sacaba el testamento del bolsillo. Iba a guardarlo allí, cuando las luces se encendieron repentinamente. Ángela dio un respingo asustada.

Leonidas Parnassus se encontraba en la puerta, cruzado de brazos y con una mirada tan intimidante, que la dejó helada. Habló sin levantar la voz, pero con tono gélido.

–¿Qué demonios crees que estás haciendo?

Ángela parpadeó ante la intensa luz. Le pitaban los oídos y tuvo que esforzarse para no desmayarse. No podía hablar. El cerebro y el cuerpo se le estaban derritiendo al verse frente a Leo Parnassus, imponente con unos pantalones oscuros y camisa azul claro. El hombre que había invadido sus sueños en las últimas siete semanas.

Ángela abrió la boca, pero no logró articular palabra.

De unas cuantas zancadas, Leo atravesó la habitación y le quitó el testamento de las manos.

—Muy bien, Kassianides. Veamos qué has venido a buscar.

Ella, como atontada, lo vio desdoblarlo y quedarse el aliento al descubrir lo que era. Su mirada la dejó helada.

—¿Pretendías robar el testamento de mi padre? ¿O cualquier cosa en la que pudieras poner tus sucias manos?

Ángela negó con la cabeza, dándose cuenta de que él la había llamado por su apellido.

—¿Sabes quién soy?

Vio que él apretaba la mandíbula y se le encogió el corazón.

Leo lanzó el testamento sobre la mesa y la agarró del brazo con fuerza. Ángela ahogó un grito, más de sorpresa que de dolor, y se vio casi lanzada a una silla en la esquina.

—Tras tu anterior truco, debería haber supuesto que no tienes reparos en meterte donde no resultas bienvenida.

Ella sabía que no serviría de mucho, pero de todas formas se excusó:

—Si hubiera sabido dónde iba a trabajar esa noche, no hubiera venido. Me enteré cuando ya era demasiado tarde.

Él la miró desdeñoso, cruzándose de brazos.

—No me tomes por tonto. Tal vez puedas engañar

a otras personas con tu seductora carita inocente, pero después de lo que acabo de ver, sé que estás podrida hasta la raíz. Toda tu familia lo está.

Ángela se puso en pie en un arrebato de ira. No era justo asumir que ella era como sus antepasados, o como su padre. Pero antes de que pudiera decir nada, Leo la hizo sentarse sin siquiera recurrir a la fuerza. Ángela se sentía como un títere, no podía dejar de temblar. De nuevo, sentir el tacto de él le perturbaba más que sus acciones.

Apretó los puños, agradeciendo la energía que le proporcionaba la rabia.

—Estás totalmente equivocado. No he venido a robar nada. Debes saber que...

Leo hizo un gesto silenciándola. Ángela se detuvo abruptamente. Por más que no le tuviera cariño a su padre, se dio cuenta de la inutilidad de echarle la culpa. Leo Parnassus se reiría en su cara: la había sorprendido con las manos en la masa, y ella no podía culpar a nadie más que a sí misma.

Lo vio pasearse con las manos en las caderas. De pronto, el recuerdo de él saliendo de la piscina encendió un fuego abrasador en su pelvis.

Invadida por el pánico, y sintiéndose profundamente vulnerable, Ángela se puso en pie y se colocó tras el respaldo de la silla. ¡Como si eso pudiera protegerla! Leo se detuvo y la miró fríamente.

—¿Qué vas a hacer? —preguntó Ángela en un susurro—. ¿Vas a llamar a la policía?

Él ignoró su pregunta. Se sirvió un whisky y se lo bebió de un trago. Luego la miró, y ella vio una llama en sus ojos oscuros.

—¿Te envió tu padre esa noche? ¿Era un paso previo a hoy? ¿O esto se debe a tu propia ingenuidad?

Ángela se agarró al respaldo de la silla.

–Ya te lo he dicho: la noche de la fiesta no sabía adónde nos dirigíamos. Trabajaba para esa empresa de catering, no nos revelaron el destino antes por razones de seguridad.

Él casi soltó una carcajada.

–Y en cuanto tu padre y tú supisteis que Georgios se había marchado, aprovechaste la oportunidad. Lo que no imaginabas era encontrarme aquí.

–La prensa no ha anunciado nada.

Leo la fulminó con la mirada y ella tembló aún más. No revelaría que había revisado diariamente los periódicos durante las siete semanas, para enterarse de lo que él hacía.

–He venido una semana antes de lo previsto con la esperanza de sorprender a algunas personas. Ahora que estamos en un traspaso de poder, somos conscientes de que la gente creerá que somos un objetivo fácil de conquistar.

Ángela sintió náuseas.

–Me has visto llegar. El guarda de seguridad ha hablado contigo...

Leo le indicó que mirara a su derecha, a la puerta por la que él había entrado. Daba a una sala llena de pantallas, correspondientes a un circuito cerrado de televisión. Y una de ellas mostraba la puerta principal. Él había observado cada uno de sus pasos. Ángela sintió rabia al pensar en el cuidado con el que había recorrido la casa. Se burló de su propia ingenuidad. Nunca habría podido ni acercarse a aquel lugar si él no hubiera estado allí. Se giró.

Él la miraba con un rostro tan fiero, que sintió miedo. Aquel hombre no tenía nada que ver con el seductor extranjero que había conocido semanas antes.

–Tu audacia resulta abrumadora. Es evidente que mantienes la confianza en ti misma de cuando tenías una buena posición en sociedad, aunque ya no sea así.

Ángela se habría reído si pudiera. Tal vez su padre fuera rico tiempo atrás, pero era un déspota y había controlado sus vidas con puño de acero. No había sido audacia lo que la había llevado a aquella mansión, sino pánico y el deseo de enderezar un error.

–No venía a robar nada. Lo juro.

Leo señaló el testamento sobre la mesa.

–¿Qué beneficio esperabas sacar? –inquirió, y rió sarcástico–. Qué pregunta tan estúpida. Sin duda, tu padre pretendía usar información acerca del patrimonio de mi padre, para atacarlo de alguna manera. ¿O ibas a usarla tú para intentar cazar mi fortuna, aprovechando el beso que compartimos hace semanas?

Ángela se ruborizó al pensar en aquel beso, y luego recordó las palabras de su padre la noche anterior. Eso sería exactamente lo que él pensaría. Demasiado tarde, vio la mirada dura e implacable de Leo, y su mandíbula tensa. Claramente, estaba malinterpretando por qué ella se sentía culpable.

De nuevo, supo que sería inútil decir la verdad. Leo Parnassus no creería en su inocencia, especialmente cuando las circunstancias la condenaban. Tenía que salir de allí como fuera. Cada vez se sentía más nerviosa y molesta ante la mirada de él.

Tímidamente, rodeó la silla. Él era un hombre de mundo, seguro que podía apelar a su parte racional.

–Escucha: tienes el testamento; siento haber entrado donde no soy bien recibida. Te prometo que, si dejas que me marche, nunca volverás a saber de mí –propuso, ignorando la manera en que se le encogió el corazón al decir eso.

No podía ni plantearse la reacción de su padre ante lo que ella había hecho, ni prometer que él no volvería a cometer alguna tontería, pero no dijo nada.

Observó con recelo cómo Leo dejaba el vaso en la mesa. El aire se cargó de algo extraño, y ella no pudo resistirse a mirarlo a los ojos: brillaban igual que el momento antes de besarla aquella noche en la terraza. Vio que él la recorría con la mirada, fijándose en sus vaqueros gastados, camiseta negra y chaqueta. En sus deportivas. Y de pronto, ella estaba toda excitada.

Se le aceleró el corazón. Presa del pánico, para negar su reacción, se movió de nuevo, diciéndose a sí misma que él no la detendría si se marchaba de allí. Después de todo, no se había colado en la mansión a la fuerza.

Justo cuando iba a sobrepasarlo, sintió que él la agarraba del brazo y la hacía girar, tan rápido que perdió el equilibrio y le cayó encima. Se quedó sin aliento.

Al instante, él le había soltado el cabello y la agarraba de la nuca, haciéndole elevar el rostro. El otro brazo la sujetaba implacable por la cintura. Ángela temió moverse e incluso respirar, porque eso invitaría a un contacto que acabaría con el poco sentido común que le quedaba.

–¿Sabes que, en realidad, me has hecho un favor, Kassianides?

Ángela se encogió por dentro al oír que la llamaba por su apellido, y se odió por ello.

–Me has ahorrado un viaje. Pensaba ir a buscarte y preguntarte por qué habías acudido aquí esa noche. No creerías que ibas a salirte con la tuya, ¿verdad?

Ella no respondió, demasiado asustada de los sentimientos y sensaciones que invadían su cuerpo. Cuando Leo habló de nuevo, notó su pecho vibrando contra sus senos.

–También tenía curiosidad por saber si no habría sido demasiado severo en mi primera impresión de por qué estabas trabajando de camarera en nuestra fiesta. Después de todo, sólo porque seas la hija de Tito no era justo esperar lo peor de ti.

Ángela no podía creerlo. Divisó un rayo de esperanza y comenzó a asentir. Abrió la boca, pero él no le dio la oportunidad de hablar. Su tono se endureció aún más.

–Pero tus acciones de hoy te acusan sin duda alguna. En cuanto has visto la oportunidad, has regresado, y esta vez para robar algo muy valioso que podría haber sido utilizado para hacer daño a mi familia. Ese testamento contiene información sobre mi patrimonio, así que no sólo has cometido un crimen contra mi padre, también contra mí.

Un frío horror paralizó a Ángela. Aquello era mucho peor de lo que habría imaginado.

–Resulta hasta gracioso lo ingenua que has sido al pensar que podías ser tan descarada. ¿De verdad crees que, si yo no hubiera estado aquí, podrías haber entrado con tanta facilidad?

Las frágiles esperanzas de Ángela se desvanecieron en aquel momento. Reunió fuerzas e intentó soltarse, pero lo lamentó al comprobar que Leo la apretó aún más contra él. Podía sentir su aliento casi en la boca. ¿Cuándo había acercado él tanto la cabeza?

–No serás tan ingenua de pensar que vas a irte tan fácilmente, ¿verdad, Kassianides?

Ella sintió un escalofrío de terror.

–¿Qué quieres decir?

–Existe otra razón por la que iba a ir a en tu busca.

Ángela se estremeció, perdida en las doradas profundidades de los ojos de él. Había apoyado las manos en su pecho, en un movimiento instintivo para mantener el equilibrio, y podía sentir su corazón. Deseó mover las caderas, pero se mantuvo rígida.

—Me has quitado el sueño durante semanas —añadió él, con una mueca de desagrado—. He intentado negarlo, ignorarlo, pero este deseo no cesa. No estoy acostumbrado a negarme nada ni nadie a quien deseo. Me desprecio por ello, pero te deseo, Ángela.

Ella no podía asimilar la importancia de lo que él estaba diciendo, y menos aún asimilar el tumulto de emociones que amenazaban con inundarla, al oír que él la llamaba por su nombre. Todas esas noches en que se había despertado sudando, debido a tórridos sueños, ¿él había estado pensando en ella?

Intentó separarse de nuevo, pero él la mantenía sujeta. Al ver que se inclinaba sobre ella, giró la cabeza desesperada. Él le susurró al oído en un tono suavemente letal:

—Aquella noche viniste para humillar a mi familia, e intentaste humillarme a mí. Esta noche habías venido a robarnos. Pues no vas a salirte con la tuya. Quien juega con fuego, acaba quemándose.

Ángela lo miró presa del pánico. ¡Ella no había robado nada en su vida!

—Pero yo no...

El resto de sus palabras fueron silenciadas por el arrollador beso de Leo. Estaba enfadado, y tomó lo que quiso hasta que ella sintió ganas de llorar y lo golpeó con los puños en su pecho de acero, impotente.

Por fin, él se separó, con la respiración acelerada. Ella debería haber sentido asco, miedo, se dijo, al ver su mirada de deseo, pero no fue así. Se estremeció en lo más profundo de su interior, como si hubiera estado esperando aquello. Como si, a pesar de todo, aquello fuera lo correcto. Entonces, Leo le acarició la cabeza y las sienes, y ella se derritió aún más. No podría soportar la ternura. Sintió el pulgar de él en su mejilla y sólo entonces se dio cuenta de que estaba llorando.

Leo sonrió, tenso.

—Las lágrimas son un detalle efectista, Ángela, pero innecesario... al igual que tu intento de fingir que no me deseas.

Se movió ligeramente, y ella ahogó un grito al notar la erección de él contra su vientre. Su cuerpo reaccionó al instante, humedeciéndose en la entrepierna. No podía creerlo, aunque desde el momento en que lo había visto salir de la piscina...

Se perdió en la mirada de él como hipnotizada. Todo lo demás dejó de existir: quién era ella y por qué estaba allí.

Leo inclinó la cabeza de nuevo, y esa vez fue firme pero seductor, arrancándole un suspiro desde lo más hondo. Con una maestría que ella apenas advirtió, le hizo entreabrir la boca y, al sentir la lengua de él en la suya, un calor líquido inundó su pelvis. Ángela se movió instintivamente, apenas consciente de lo que hacía. Sólo sabía que quería más.

Leo la apretó más fuertemente contra sí y gimió, sin dejar de besarla. Ella lo abrazó por el cuello y se arqueó para sentirlo más, entrelazando los dedos en su sedoso cabello.

Cuando Leo dejó de besarla, ella gimió lamentándolo. Abrió los ojos y, al verlo sonriendo tan sexy y tentador, el corazón le dio un vuelco. Un mechón de pelo le caía sobre la frente: se lo apartó con una mano temblorosa, siguiendo un impulso instintivo.

Él acercó la mano a su cintura y, tras un instante de vértigo, la deslizó bajo la camiseta. Sentir su mano sobre la piel desnuda le disparó el corazón. Según la mano ascendía, ella sintió los senos cada vez más llenos, hasta que, con un movimiento insoportablemente lento, él apartó el sujetador.

Ángela se mordió el labio inferior. Estaba fuera de sí, y sentía como si una parte de ella se hubiera hecho a un lado, y observara con creciente horror cómo se dejaba tocar con tanta libertad. Pero se hallaba en las garras de algo tan poderoso que no podía moverse.

Leo acarició el pezón erecto y, con un rápido movimiento, le quitó la camiseta. Al verlo contemplando sus senos desnudos, Ángela creyó desmayarse de deseo. Lo vio inclinar la cabeza, y ella supo que debería apartarse... pero no pudo. Y cuando sintió que le cubría el pezón con la boca, echó la cabeza hacia atrás y lo agarró fuertemente por los hombros.

Estaba siendo rápidamente transportada a un lugar sin retorno. El placer era tan intenso, que temió explotar. Leo introdujo una mano entre las piernas de ella, obligándole a abrirlas, y ella se perdió completamente. Nunca había perdido el control de su cuerpo de aquella manera.

Él la acarició a través de los vaqueros, triste barrera para sus expertas caricias. Sabía exactamente dónde tocarla, y mientras tanto succionaba implacable el pezón. Ángela gritó desesperada: quería que se detuviera y, al mismo tiempo, que continuara.

Sintió que se le tensaba el cuerpo y renunció a cualquier esperanza de mantener el control. El resto del mundo había dejado de existir. Aquélla era su realidad.

–Leo... –rogó en un ronco susurro, sin saber bien lo que buscaba.

Súbitamente, Leo se detuvo y la apartó de sí, sujetándola por los hombros.

Durante un largo momento, Ángela se mantuvo en estado de shock, con la respiración acelerada, mientras el mundo volvía a su lugar. El corazón le latía con fuerza y tenía el cuerpo empapado en sudor. Él le colocó el sujetador en su lugar, con tal brusquedad que Ángela hizo una mueca de dolor al sentir el material apretando sus pezones hipersensibilizados.

No podía creer que... Detuvo sus pensamientos al darse cuenta de que tenía las manos sobre el pecho de él, agarrándole la camisa. Las apartó como si se las hubiera quemado. Entonces se dio cuenta de que las piernas no la sujetaban, y estuvo a punto de caerse a los pies de Leo, de no ser porque él la sujetó y la sentó de nuevo en la silla, maldiciendo.

Ángela dejó que el cabello le ocultara el rostro. No se le ocurría ninguna palabra que expresara lo expuesta y vulnerable que se sentía. Leo había querido humillarla, y en un segundo ella se había transformado en una desvergonzada en sus brazos. Cómo debía de estar riéndose de ella.

Le ardían las mejillas. Recordaba la manera en la que había dicho «Leo», un susurro ronco, con el cuerpo a punto de alcanzar una cumbre desconocida para ella, una experiencia que sus nervios excitados ardían por tener incluso en aquel momento. Había creído estar enamorada de su novio de la universidad, pero él ni siquiera había logrado... Tragó saliva. Y sin embargo allí, con alguien que claramente la despreciaba... Se encogió por dentro de mortificación.

–Ángela...

De pronto, la voz de él estaba demasiado cerca. Ángela dio un respingo, furiosa ante su propia reacción. Leo le ofrecía una copa con lo que parecía brandy. Con un brusco movimiento, la hizo saltar por los aires y la vio estrellarse contra la esquina de la habitación, derramando su contenido por el suelo. Miró a Leo abrumada.

—Estoy tan...

Él la hizo callar con rostro serio.

—Podrías haberte negado, Ángela. Los dos hemos participado en lo que acaba de suceder, así que no te hagas la víctima. Ni que fueras virgen.

¡Si él supiera! Aquellas palabras la hirieron profundamente. Se estremeció con una mezcla de emociones contradictorias. Estaba contenta por haber estrellado la copa, y al mismo tiempo quería apresurarse a limpiarla. Quería abofetear a Leo, cuando ella nunca había hecho daño a nadie, y también quería lanzarse en sus brazos y rogarle que la besara de nuevo. El cuerpo le cosquilleaba aún de deseo.

Haciendo un gran esfuerzo, elevó la barbilla.

—No he visto la copa. Lo siento.

La mirada de él relampagueó a modo de respuesta. Para poner espacio entre ambos, Ángela se acercó con piernas temblorosas a los restos de la copa y empezó a recogerlos. Oyó un gruñido y ahogó un grito cuando él la hizo levantarse.

—Déjalo. Haré que alguien se ocupe de ello.

Estaban muy cerca de nuevo, y ella volvió a sentir la reciente humillación.

Algo atrajo la atención de Leo, que bajó la mirada.

—Estás sangrando.

Ángela se miró las manos. No se había dado cuenta, pero se había hecho un corte muy feo en un dedo. Leo le quitó el cristal de las manos y lo dejó en una mesa. Luego, sujetando cuidadosamente la mano herida, llamó por teléfono y dio unas instrucciones en griego.

Ángela se habría quedado impresionada si hubiera podido pensar con claridad. Lo único que pudo hacer fue seguir a Leo escaleras arriba hasta un espacioso cuarto de baño. Lo vio sacar un botiquín y se ruborizó.

–No tienes por qué. Yo lo...

–Siéntate y calla.

Ella obedeció, y observó sin dar crédito cómo él se arrodillaba e inspeccionaba el corte. De pronto, se lo llevó a la boca y lo succionó en profundidad.

Ángela se quedó sin respiración. Intentó retirar el dedo, pero Leo tenía demasiada fuerza. Cuando por fin la soltó, dijo mientras lo inspeccionaba de nuevo:

–Quiero asegurarme de que no tiene ningún cristal. Es un corte profundo, pero no creo que necesite puntos.

Maravillada, y sintiendo como si la realidad tal y como ella la conocía hubiera desaparecido, Ángela le observó limpiarle el corte como un experto y taparlo con una tirita.

Después, como si no hubiera ocurrido nada fuera de lo normal, él la condujo de nuevo al piso inferior, a un salón al otro lado del vestíbulo. Allí, la soltó de la mano y Ángela se sentó en el borde de un sofá, temiendo no poder mantenerse en pie.

Leo sirvió una copa de algo dorado oscuro, como sus ojos, y se lo ofreció. Sin una sonrisa. Ángela la aceptó, evitando su mirada. Ella no bebía apenas alcohol, pero en aquel momento agradeció el atontamiento que le produciría.

Capítulo 3

LEO OBSERVÓ a Ángela agarrar la copa con ambas manos, un gesto infantil que hizo que algo se le encogiera en el pecho. Estaba furioso con ella, y al mismo tiempo deseaba tumbarla en el sofá y terminar lo que habían empezado en el estudio. Aún podía recordar la sensación de pasear la lengua por su pezón erecto, la manera en que se había arqueado para él, y la voluntad de acero a la que había tenido que recurrir él para controlar su arrolladora respuesta.

No había tenido intención de que ocurriera ese episodio en el estudio. El impulso de besarla había nacido de la rabia porque ella tuviera un efecto tan visceral sobre él, especialmente después de saber quién era ella. Pero el beso se le había descontrolado demasiado rápido. No recordaba la última vez que se había sentido tan presa del deseo, había olvidado todas las advertencias de su mente... hasta que ella había susurrado «Leo», haciéndolo emerger de aquel trance.

Había aterrizado en Atenas hacía apenas tres horas, y todavía no se había recuperado de su decisión de dar la vuelta a su vida. Sintiéndose enormemente vulnerable de nuevo, se giró hacia el mueble bar para servirse una copa y recomponer su mente dispersa. Llevaba dispersa desde que había respondido al guarda de la puerta y había visto quién quería entrar. Por un instante, había dudado si no estaría imaginándose a Ángela. Al mismo tiempo, se había emocionado al verla acercarse a la mansión. Le había hecho olvidar la incomodidad de que, hasta entonces, su efecto sobre él no había disminuido.

Era obvio que ella se sentía culpable, dado que había entrado por la cocina en lugar de por la puerta principal. Luego, al verla recorrer la casa con cuidado, como la ladrona que era, a él se le había endurecido algo en el pecho.

Odiaba admitirlo, pero había pensado que tal vez la había juzgado demasiado rápido. Aunque al ver la avaricia de ella esa misma noche, se había sentido como un tonto. Ella no era ninguna inocente. ¿Acaso él no había aprendido nada después de tantos años moviéndose en la sociedad de Nueva York?

Vació su copa de un trago, diciéndose que su decisión de regresar a casa lo antes posible no había tenido nada que ver con la mujer sentada en el sofá a su espalda. Y sabía exactamente cómo tratarla y luego olvidarse de ella, para poder continuar con su nueva vida en Atenas.

Sentada en el sofá, con la copa en las manos, Ángela se sintió como si estuviera esperando a oír sentencia. Leo llevaba un largo rato dándole la espalda, y la tensión empezaba a afectarle, a pesar de los efectos calmantes del alcohol.

Por fin, lo vio girarse y respiró aliviada. La expresión de él era impenetrable. No había sonreído ni una vez, no había mostrado ni un destello de humanidad... excepto cuando le había cuidado el corte. Ángela recordó cuando le había succionado la sangre del dedo y se estremeció de placer.

Tragó saliva. El acento americano de él le había hecho creer que era uno de los invitados a la mansión aquella noche... Nunca habría sospechado que oiría el acero bajo el terciopelo de aquella voz. Pero él era Leonidas Parnassus. Y ella, su peor enemiga.

Temió que aquello desencadenara un nuevo enfrentamiento entre ambas familias. Intentó aplacar su temor. Después de todo, ¿qué más podría sucederles? Entonces pensó en Delphi y su preocupación aumentó.

Leo se sentó frente a ella con una pose masculina y dominante, que tensaba la camisa sobre su pecho de la manera más tentadora. Ángela deseó contener su rubor, pero no lo logró.

—¿Por qué viniste aquí la noche de la fiesta?

Ángela no podía creerlo. Contestó recelosa.

—Ya te lo he dicho, no sabía que éste era nuestro destino. Y no podía marcharme sin más, habría perdido mi empleo.

—Pero lo perdiste de todas maneras —señaló él suavemente.

Ella ahogó un grito. ¿Cómo se había enterado? Claro que tampoco resultaba muy difícil deducir que sucedería. ¿Conocía él también que desde entonces estaba trabajando como camarera de planta en el suntuoso Hotel Grand Bretagne, doblando turnos regularmente? Seguramente le encantaría saber que se había visto obligada a buscar empleo en áreas donde no investigaran a los candidatos. Dado que Delphi todavía estaba en la universidad, ella no había querido llamar la atención de la prensa solicitando un empleo con un perfil más cualificado, para que la rechazaran por su apellido. La humillación estaba volviéndose algo demasiado familiar en presencia de aquel hombre.

Leo dio un trago a su copa.

—Mi foto apareció en todos los periódicos la semana de mi llegada. Tu padre se ha movido por todas partes buscando a alguien que lo rescatara... ¿y pretendes que me crea que me viste en la piscina aquella noche y no sabías quién era?

Ella sacudió la cabeza. En verdad lo desconocía, se había negado a leer las noticias acerca de la familia Parnassus y su regreso triunfal. Le dolía demasiado. Además, había estado preocupada con la nueva situación de su hermana.

Se inclinó hacia delante, con la copa entre las manos. De su interior surgió una ola de ira ante aquella arrogancia, y lo amenazada que él le hacía sentirse.

—Me creas o no, no sabía nada. ¿No te basta con que tu familia se haya esforzado al máximo para arruinar a la mía?

Leo soltó una carcajada seca, que le hizo dar un respingo.

—No veo por qué habría de bastarme cuando está claro, después de lo ocurrido esta noche, y que ha quedado grabado por las cámaras, que pretendes avivar esa enemistad. Sin duda vas a sacar algo de ello; la mayoría de la gente habría pasado de largo el drama de la familia Parnassus regresando a casa —replicó él, echándose también hacia delante, con los ojos echando chispas.

Angela quiso recular, pero se mantuvo fuerte y se maldijo por haberlo provocado. Por un instante, había olvidado por qué había ido allí esa noche. Junto a él se le olvidaba todo.

–¿Realmente quieres hablar de quién tiene la culpa? –le retó él, fulminándola con la mirada.

Ángela sintió un escalofrío.

–No hemos hecho nada que afecte a tu familia directamente –continuó él–. La avaricia e ineptitud de tu padre han sido las responsables de la caída de la empresa Kassianides. Lo único que nosotros tuvimos que hacer fue fusionarnos con Levakis Enterprises, y eso resaltó la débil posición de tu padre.

Ángela tragó saliva. Todo eso era cierto.

–De todas formas –continuó él, recostándose en su asiento–, esto me deja con un interesante dilema.

Ángela esperó en silencio, segura de que él continuaría.

–Aunque hemos obtenido nuestra venganza al ver la fortuna de los Kassianides reducida a nada, menos aún que la nuestra hace setenta años, resulta un logro algo... vacío. Y viendo el alcance de tu atrevimiento, se me ocurre desear algo más «tangible».

Ángela se sintió presa del pánico, como si tuviera un nudo cada vez más apretado alrededor del cuello. La desesperación tiñó su voz.

–La bancarrota es algo muy tangible.

Leo se inclinó hacia delante de nuevo, aún más frío e implacable.

–La bancarrota es para tu padre, no para ti. No, me refiero a algo tan tangible como la acusación contra mi tío abuelo de haber violado y asesinado a una mujer embarazada de una de las familias más ricas de Atenas. Tan tangible como que una familia entera se vio obligada a exiliarse de su tierra natal ante amenazas de una investigación criminal que no podían permitirse, y la posibilidad de que mi tío abuelo se enfrentara a la pena de muerte. Por no mencionar el escándalo, que duraría años.

–Basta –rogó Ángela débilmente, conocedora y detractora de la historia.

Pero él no se detuvo. Sólo la miró.

–¿Sabías que mi tío abuelo nunca superó aquella acusación y se suicidó?

Ángela sintió náuseas. Aquello era peor de lo que había imaginado. Sacudió la cabeza.

–No lo sabía.

–Mi tío–abuelo amaba a tu tía abuela –aseguró él con una mueca–. Menudo tonto. Y, a causa de que tu familia no podía soportar que una de sus pequeñas tuviera por novio a un mero trabajador del astillero, hicieron todo lo posible por reventar el romance.

–Ya sé lo que sucedió –insistió Ángela, cada vez más conmovida.

Leo rió amargamente.

–Sí, todo el mundo lo sabe, gracias a un viejo borracho que no pudo seguir viviendo con la culpa, porque él había sido quien había cometido el crimen y lo había ocultado, y tu bisabuelo se lo había hecho pagar.

Su propia familia había asesinado a una de los suyos, y lo habían encubierto como cobardes. Ángela se obligó a soportar la mirada de censura de Leo, aunque lo que hubiera querido sería hacerse un ovillo, avergonzada.

–Yo no soy culpable de lo que hicieron.

–Ni yo tampoco. Pero he pagado por ello toda mi vida: nací en otro continente, en una comunidad de exiliados, aprendiendo inglés como primera lengua, cuando debería haber sido el griego. Vi a mi abuela apagarse un poco más cada año, sabiendo que nunca podría regresar a su hogar.

Ella quiso decirle que ya era suficiente, pero no le salían las palabras.

Leo no había terminado aún:

–Mi padre estaba tan preocupado, que nos costó nuestra relación. Y a él su primera esposa. Crecí demasiado rápido, demasiado pronto, en medio de una sensación de injusticia y una necesidad de enderezar las cosas. Así que, mientras tú ibas al colegio, hacías amigos, y vivías tu vida aquí, en tu hogar, yo me encontraba en el otro extremo del mundo, preguntándome cómo habrían sido las cosas si mi padre y mi abuela no se hubieran visto desterrados de su país. Preguntándome qué habíamos hecho para merecer esa lacra en nuestro apellido. ¿Tienes idea de lo que es crecer en una familia que te recuerda constantemente que no perteneces a un lugar? ¿Como si no tuvieras derecho a echar raíces?

Ángela negó con la cabeza. Seguro que él no querría saber lo sola que se había sentido cuando su padre la había enviado a un internado católico ultraconservador en un paraje remoto de Irlanda.

Se sintió hueca por dentro.

–Por favor, ¿puedes decirme lo que quieres de mí, o dejarme marchar?

Leo apoyó los codos en sus rodillas, como si estuviera a gusto, y no acabara de relatar lo que había dicho.

–En realidad es muy sencillo: te deseé en el momento en que te vi, y te deseo ahora –respondió él con una sonrisa amarga–. A pesar de saber quién eres.

Ángela abrió la boca y volvió a cerrarla.

–No es posible –dijo.

Se puso en pie presa del pánico y dejó su copa en

una mesa, esperando que Leo no advirtiera su mano temblorosa.

Leo también se puso en pie y se miraron el uno al otro en la distancia.

–Siéntate, Ángela. Aún no hemos terminado.

Ella sacudió la cabeza en silencio, sintiendo que el mundo la oprimía. Leo se encogió de hombros como si no le importara.

–Vas a pagarme por todo lo que me has hecho, y vas a hacerlo como mi amante.

Ángela estuvo a punto de soltar una carcajada de histeria, pero se le pasó al ver la mirada de él. Se estremeció entre sus piernas.

–Lo dices en serio...

–Por supuesto. No bromeo con cosas como ésta –aseguró él, con la mandíbula apretada–. Te deseo y quiero tenerte cerca, donde pueda verte; lejos de tu padre y sus maquinaciones. Si esa pasión entre nosotros indica algo, no creo que sea desagradable para ninguno de los dos.

Ángela se estremeció de nuevo y creyó que iba a desmayarse.

–¿Quieres acostarte conmigo?

Él sonrió peligrosamente.

–Entre otras cosas.

–Pero...

–Pero nada. Todo el mundo nos vio juntos en la fiesta. No voy a permitir que te aproveches de eso, ahora que he regresado. Por no mencionar tu fracaso de esta noche. Eres un peligro y una amenaza. Has tenido el descaro de venir dos veces a mi casa, y ahora pagarás por ello.

–Pero mi padre...

Se detuvo. «Me matará», pensó, con un creciente temor nacido mucho tiempo atrás.

Leo le quitó importancia con un gesto.

—Tu padre me importa un comino. Espero que le suponga una gran humillación ver a su preciosa hija mayor como amante de su enemigo. Todo el mundo sabrá por qué estás conmigo, calentando mi cama hasta que yo me aburra, tal vez hasta que me case. Fuera lo que fuera que hubierais planeado él y tú, ahora vamos a jugar con mis reglas. Y puedes decirle que el hecho de que seas mi amante no le supondrá ningún favor. Las cosas siguen como estaban. No vamos a sacarle de sus apuros.

Ángela lo miró sin poder creer la dirección que había tomado su conversación. No tenía sentido desvelarle la pésima relación con su padre, él no la creería.

Estaban impactándole demasiadas cosas a la vez, además de aquellas palabras frías y calculadoras. Quería gritar que no le deseaba, pero no le salían las palabras. Además, temía la reacción de él si lo decía. Aún estaba resentida por lo que había sucedido en el estudio. Era demasiado vulnerable a él.

Sentirse tan acorralada e impotente la despertó por fin del estancamiento en que se encontraba. Él no podía obligarle a hacer eso.

—No voy a ganar nada con esta relación, porque no voy a participar. No podrías pagarme para que fuera tu amante.

Cada vez más asustada, le parecía que la opción de ser detenida por allanamiento de morada era mejor que lo que él le proponía.

Él se la quedó mirando unos instantes.

—Tienes toda la razón. No te pagaría. Pero vas a hacerlo porque no puedes negarte. El deseo entre nosotros es desafortunado, pero tangible –comenzó él, desdeñoso–. A pesar de lo que digas, en cuanto estés en mi cama intentarás seducirme. Hacerte la difícil tal vez sea parte de tu repertorio, pero no me gustan los juegos, Ángela, así que estás perdiendo el tiempo.

Ella se sentía avergonzada de cómo se había entregado a él. Se encaminó hacia la puerta, rezando para que él no la tocara. Se detuvo cuando se sintió más a salvo, y se giró hacia él con la barbilla elevada.

–No lo haré porque eres el último hombre sobre la tierra con quien me acostaría –aseguró, y se dio media vuelta, con la mano en el pomo de la puerta.

–¿De veras crees que voy a dejar que te marches?

Ángela se odió a sí misma por no abrir la puerta e irse. Se giró hacia él de nuevo e intentó sonar segura de sí misma.

–No puedes detenerme.

Leo se puso en pie, con las piernas separadas y las manos en los bolsillos. Esbozó una sonrisa salvaje.

–Sí puedo.

Ángela se puso más nerviosa. Reculó de espaldas a la puerta y agarró el pomo, lista para salir corriendo.

–¿Qué vas a hacer, secuestrarme?

–Has visto demasiadas películas –dijo él con desdén, y se acercó a ella.

Ángela agarró el pomo aún más fuerte, con todo su cuerpo tenso. Él se detuvo a medio metro.

–Te he sorprendido robando, y podría llamar a la policía sólo por eso, pero lo dejaré pasar porque nuestra relación ya va a despertar suficientes controversias cuando la prensa se entere.

–No vamos a tener ninguna relación –le espetó ella–. Y además, yo no estaba...

Se calló de pronto. Evidentemente, Leo no había

advertido que ella había sacado el testamento de su chaqueta. Tendría que explicarle cómo había llegado hasta allí. Con lo cual, era robo de todas maneras, aunque no lo hubiera cometido ella. Se encontraba de nuevo en la casilla de salida: condenada por las acciones de su padre y su propio deseo de rectificar las cosas.

Deseó decirle a Leo que prefería marcharse con la policía, pero sería un escándalo, y no podía hacerle eso a Delphi. El nudo alrededor de su garganta cada vez se cerraba más.

–Sí que tenemos una relación, Ángela. Comenzó la noche de la fiesta. Y desde entonces, he encontrado mucha información acerca de ti.

Ángela seguía agarrada al pomo, en estado de shock.

–¿Qué tipo de información?

–Que estudiaste diseño de joyas. Pero que, desde que terminaste los estudios, no has intentado marcharte de casa, lo cual indica que tienes una relación muy estrecha con tu padre.

Ángela se tragó la explicación. Se había quedado allí por su hermana, para crearle un entorno estable, ya que sus padres nunca se lo habían proporcionado. Al regresar del internado en Irlanda, tras la muerte de Damia, Delphi y ella se habían apoyado mucho la una en la otra.

Él continuó, con fingida comprensión:

–Pero desde el derrumbe del negocio de Tito, te pusiste a trabajar en aquella empresa de catering, y ahora como camarera de piso en el hotel Grand Bretagne. Debe de ser duro estar cambiándole las sábanas a gente con la que te codeabas antes... –dijo él, pensativo–. Me preguntaba cómo alguien con tanta formación como tú se había rebajado a un trabajo de tan baja categoría, y deduje que no querías que investigaran tu procedencia. Sin duda, habías planeado volver a la vida social y encontrarte un marido rico, una vez que el apellido Kassianides hubiera perdido notoriedad.

Ángela palideció al descubrir lo que él sabía y había deducido, aunque algunas cosas no fueran correctas. Pensó en su sueño de montar un estudio de joyería en cuanto tuviera suficiente dinero, y en la decepción que se guardaba para sí misma cada día que no había alcanzado ese sueño.

—Estás muy equivocado —afirmó.

—Lo más interesante que he averiguado es que Stavros Eugenides y tu hermana están enamorados y quieren casarse, pero el padre de él no lo permite —continuó Leo.

Ángela creyó que iba a desmayarse.

—¿Es importante para ti que tu hermana se case con él? —añadió Leo.

Ángela se sentía cada vez peor. Se encogió de hombros, intentando disimular que el corazón le latía a mil por hora. Si Leo adivinaba lo importante que eso era para ella, haría todo lo posible para que no sucediera.

Intentó esbozar una sonrisa cínica.

—Son jóvenes y están enamorados. Yo creo que es demasiado pronto, pero sí, quieren casarse.

—Creo que mientes, Ángela, y que para ti y tu hermana es crucial que ellos dos se casen. ¿Por qué si no irías a interceder por ellos ante Dimitri Eugenides?

Ángela comenzó a temblar visiblemente. ¿Cómo diablos sabía él eso?

—Yo creo que tu hermana está buscándose un marido rico antes de que lo perdáis todo. De esa manera, tú también tendrás la vida resuelta.

Ángela negó con la cabeza. Leo hizo una mueca.

–En cierta forma, no te culpo. Sois dos pobres niñas ricas intentando sobrevivir. Y no parecéis ser conscientes de que la mayoría de la gente tiene que trabajar para ganarse la vida.

Ángela se abalanzó sobre él, pero antes de poder golpearlo en el pecho, él la sujetó. Ángela lo miró furiosa, sintiéndose débil e impotente.

–No tienes derecho a decir eso. No sabes nada de nosotras, ¿me has oído?

Leo se la quedó mirando un largo momento, asombrado por el tono enardecido de ella. Se fijó en sus senos firmes, moldeados por la camiseta. Su cuerpo respondió al instante. ¿A quién quería engañar? No había logrado calmar su deseo desde el episodio en el estudio. Sin embargo, ¿cómo se atrevía ella a hablarlo como si la hubiera insultado?

La atrajo hacia su cuerpo con brusquedad. Vio que ella tenía las mejillas encendidas. Le agarró las dos manos juntas y, con su otra mano libre, la sujetó del cuello, acercándosela más. El ambiente hervía de tensión. Leo inclinó la cabeza y reprimió un gemido. Ella olía a limpieza, a pureza. Le hacía arder de deseo. Aquella mujer sabía perfectamente lo que estaba haciendo.

–Aún no he terminado contigo, Ángela.

–Sí que hemos terminado. Me gustaría marcharme ya –dijo ella con voz temblorosa.

Leo lo advirtió. Su aliento le encantaba. Deseaba volver a besarla, pero algo le hizo contenerse.

–Aún no hemos terminado, porque no te he dicho qué más sé. Puedo ofrecerte algo que, a pesar de tus altaneras protestas, no creo que puedas rechazar.

Ella se soltó por fin; dio un paso atrás y se cruzó de brazos.

–No quiero oír nada de lo que puedas decir...

–Puedo convencer a Dimitri Eugenides de que bendiga la boda entre su hijo y tu hermana.

Ángela lo miró boquiabierta.

–¿A qué te refieres?

–¿Ya no te parecen tan jóvenes para casarse? –se burló él, triunfal.

Él tenía razón, pero estaba equivocado en las causas.

–Tan sólo dime a qué te refieres –le espetó Ángela, sintiéndose cada vez más vulnerable.

–Muy sencillo: Dimitri quiere hacer negocios conmigo. Te garantizo que, en cuanto se conozca que eres mi amante, Dimitri estará deseando complacerme. Puedo poner como condición a nuestro negocio que permita que Stavros se case con tu hermana.

Ángela sacudió la cabeza, mientras se le llenaba el corazón de esperanza.

–No lo permitirá, odia a nuestra familia.

–Hará lo que yo le pida, créeme –aseguró Leo con arrogancia.

Ángela se sentó en una silla cercana. La cabeza le daba vueltas. Con sólo chasquear los dedos, Leo podía lograr lo que ella más deseaba en el mundo: facilitarle las cosas a Delphi.

Lo miró, de pie ante ella como un mercenario. No le importó lo que él pensara, sólo supo que tenía que hacer lo que fuera necesario. Se puso en pie.

–Supongo que tu condición para hacerlo será que yo acceda a convertirme en tu amante, ¿cierto?

Leo frunció la boca, y la miró enfadado.

–No intentes hacerte la víctima. Ambos nos deseamos, aunque tú pareces decidida a negarlo.

–El asunto es que no ayudarías a Delphi y Stavros a menos que yo esté contigo, ¿no es así?

Él se encogió de hombros con indiferencia.

–Digamos que entonces lo que les suceda me importaría menos de lo que me importa ahora. ¿Por qué iba a molestarme en hacer eso, a menos que obtenga algo a cambio?

–Yo –dijo ella, reprochándose la respuesta de su cuerpo ante la idea.

Se odió porque no le disgustaba la oferta de Leo. Pero ¿cómo iba a oponerse a aquella oportunidad para que su hermana y Stavros fueran felices? Delphi estaba embarazada de tres meses, y no querría que todo el mundo se enterara el día de la boda.

–Si acepto, será con una condición.

Leo le lanzó una mirada de advertencia.

–Adelante.

–Quiero que Delphi y Stavros se casen lo antes posible.

Leo la miró con cinismo.

–No creas que el hecho de que ellos se casen supondrá el fin de nuestro romance, Ángela. No pienso dejarte marchar hasta estar saciado.

Ángela se estremeció de nuevo. ¿Cómo reaccionaría él cuando descubriera que era virgen? No le parecía el tipo de hombre al que le gustara tener novatas en la cama.

Leo estaba mirándola pensativo.

–No veo motivo para no atender tu petición, dado que a partir de ahora eres mía –dijo.

La vio palidecer y no le gustó. Se acercó a ella y

la sujetó de la nuca. Sintió su sedoso cabello, y tuvo que contener su deseo.

–Lo que cuenta es el presente. Voy a ordenar a mi chófer que te lleve a casa para que hagas la maleta y te traiga de vuelta a mí.

Así de sencillo.

Capítulo 4

MENOS de tres horas después, Ángela se hallaba en el vestíbulo de su casa, con una maleta a sus pies. Cuando por fin había salido de la mansión Parnassus estaba casi amaneciendo, cosa que le había desorientado. Milagrosamente, su padre no se hallaba en casa. La madrastra de Ángela le había informado de que se había marchado la noche anterior a Londres, para intentar que sus primos le prestaran dinero. Ángela había temido el encuentro con él, porque evidentemente sabría que ella se había llevado el testamento.

Había despertado a su hermana y le había contado lo que sucedía, aunque omitiendo la auténtica razón por la cual Leo le había pedido que se fuera a vivir con él. Delphi, lógicamente, se había preocupado.

–Pero Ángela, nos odian. ¿Y a qué te refieres con que acabas de conocerlo y te has enamorado de él? Ha sido muy rápido, nunca me habías comentado nada...

Ángela odiaba mentir a su hermana. Sonrió tensa y le explicó que se habían conocido en la fiesta, y que no habían querido decir nada para que su padre no se enterara.

–Delph, no quería que te preocuparas. Ni siquiera yo sabía qué sucedería, si él volvería a Atenas. Pero lo ha hecho... –dijo, y se sonrojó al recordar el beso en el estudio–. Y quiere que me vaya a vivir con él.

Sé que todo parece raro y demasiado rápido, pero confía en mí, ¿de acuerdo? Sé lo que me hago.

Le habló de la relación de Leo con el padre de Stavros, y de lo que había prometido hacer y, al ver la reacción de júbilo de su hermana, supo que no le quedaba más remedio que seguir su destino.

—Ángela, no eres la responsable de todo. Hacer esto por nosotros es más que suficiente. Estaré bien, te lo prometo. Ya es hora de que vivas tu propia vida.

Ángela se habría reído de no ser por el temor a acabar llorando. No podría vivir su propia vida hasta que Leo se cansara de ella. Su única esperanza residía en que, al ver que era tan inexperta, se le quitarían las ganas y se contentaría con lucirla como un trofeo hasta considerar sus deudas pagadas.

¿Por qué, ante esa idea, le invadía la decepción? Reprimió bruscamente esa idea. Su mente estaba jugándole una mala pasada.

Acababa de llamar al hotel donde trabajaba y se había despedido. Ya no tenía solución. Inspiró hondo y agarró su pequeña maleta. Era momento de irse.

—¿Tu padre no va a estar también en la mansión?

Leo la había conducido a un suntuoso dormitorio y estaba enseñándole la puerta que comunicaba con el suyo. Ángela habló más que nada para ocultar su pánico. Lo vio girarse y apoyarse tranquilamente contra la puerta.

Habían transcurrido pocas horas entre su salida y su regreso a la mansión, y le molestó el aspecto descansado y vital de Leo. Ella se sentía sudorosa, le escocían los ojos y seguía aturdida por lo sucedido.

La voz de él la devolvió al presente.

–Mi padre va a quedarse en la isla indefinidamente. Los médicos le han prohibido estresarse, y en Atenas es incapaz de mantenerse alejado del trabajo.

Ángela se sintió irracionalmente culpable por esa mala relación. Pero cualquier signo de empatía sería mal aceptado. De todas formas, él ignoraba sus sentimientos. La llevó al vestidor y, cuando la miró de arriba a abajo, Ángela deseó que la tragara la tierra. Aún vestía la misma ropa de antes.

–Haré que un estilista te vea mañana y te prepare un vestuario completo. A partir de ahora, parecerás la mujer mantenida que eres.

Ángela divisó la enorme cama por el rabillo del ojo y se asustó.

–Adelante, llena este vestidor de cosas. Estaré encantada de representar mi papel.

Él se le acercó, haciendo que se le disparara el pulso, y sonrió cínicamente.

–No creo que tengas que fingir mucho. Pero verte tan asustadiza me intriga. Creía que estarías encantada de que te hubiera escogido como amante. Olvidas que provengo de Nueva York, el hábitat natural de las cazafortunas. Tus oscuras intenciones no pueden sorprenderme.

Ángela quiso protestar, pero no le salían las palabras. Para su mayor consternación, Leo miró su reloj y anunció:

–Tengo que ir a trabajar. ¿Por qué no te echas un rato? Pareces cansada.

Y dicho eso, se marchó y ella se quedó sola. Entró en el cuarto de baño y se miró al espejo. No sólo parecía cansada, sino traumatizada. Exhausta y algo atontada, se quitó la ropa y se metió en la ducha un largo rato.

Luego, se secó el pelo, cerró las cortinas, se metió

en la cama más suave en la que había estado nunca y se sumió en un sueño profundo.

Primero sintió un suave balanceo. Y luego oyó una voz grave y enternecedora. Sonrió. El balanceo se volvió más fuerte.

–Ángela...

No estaba soñando. Se despertó al instante, y vio a Leonidas Parnassus muy cerca de ella, demasiado, sentado en la cama y con rostro impenetrable. Entonces, recordó todo. No se encontraba en su cama: estaba en la mansión de él y había aceptado convertirse en su amante.

Se tapó con la sábana, a pesar de que estaba vestida con pantalones y camiseta. Se echó hacia atrás todo lo que pudo, lejos de él. Se sentía expuesta porque él la había visto durmiendo. ¿Cuánto tiempo llevaría allí?

Vio que él se ponía en pie y le preguntó con voz ronca:

–¿Qué hora es?

–Las ocho de la tarde.

Ángela se incorporó sorprendida.

–¿He dormido todo el día?

Leo asintió y abrió las cortinas. El sol estaba poniéndose en el horizonte. Ángela estaba completamente desorientada. Vio que él se disponía a salir de la habitación.

–La cena es dentro de veinte minutos. Te espero abajo –anunció sin mirarla.

Mientras esperaba a Ángela, Leo se acercó a las puertas del comedor que daban a la terraza. La terraza adonde había sacado a Ángela la noche de la fiesta. Aún no había asimilado que llevaba apenas veinticuatro horas en Atenas, y ella ya vivía en su casa. Extrañamente, sentía que era lo que debía ser.

Al verla dormida, con una leve sonrisa y aquel lunar en la comisura de la boca, había deseado besarla. Y hacer mucho más con ella. Pero, cuando ella se había despertado, todavía se la veía cansada. Tenía el pelo algo despeinado, agolpado sobre uno de sus hombros desnudos, ya que se le había bajado el tirante de la camiseta. Le había resultado increíblemente sexy y, al mismo tiempo, muy vulnerable, y había sentido cierta incomodidad ante lo rápido que habían sucedido las cosas desde que la había visto entrar silenciosamente en su casa. Él había ignorado esa incomodidad. Y las tres horas que había estado esperando a que regresara habían sido una tortura: había temido que ella no regresara, que lo desobedeciera. Se dio cuenta de que, al pensar en eso, había apretado los puños, y se obligó a relajarlos.

Pensó en el aspecto exhausto de ella a su regreso, en sus ojeras...

«Entró en esta casa a robarnos», se recordó. Con más esfuerzo del que debería, reprimió su preocupación. El deseo lo poseía. Esa noche, ella sería suya y, en poco tiempo, pasaría a ser tan predecible como el resto de las mujeres que él había conocido, intentando utilizar la emoción de la intimidad para manipularlo.

Oyó abrirse la puerta y se giró lentamente. Ángela iba a enfrentarse a las consecuencias de sus acciones.

Ángela se estremeció cuando una sonriente doncella la condujo al comedor, y vio a Leo de espaldas a ella. No sabía cómo comportarse en una situación así.

No tenía ni idea de qué se esperaba de ella. De pronto, se sintió tremendamente sola.

Al ver que él se giraba lentamente, experimentó un cataclismo. Antes, no había reparado en cómo iba vestido, estaba demasiado dormida. Pero en aquel momento se fijó en sus vaqueros deliciosamente gastados, que parecían una segunda piel sobre sus poderosos muslos y sus largas piernas.

Un polo negro resaltaba sus ojos oscuros y su piel cetrina. Los hombros parecían casi demasiado anchos para la tela, y de las mangas emergían unos enormes bíceps.

–Ven a contemplar las vistas, Ángela.

«Ya lo estoy haciendo», estuvo a punto de contestarle ella, presa del pánico. Se hallaba en una situación de la que no podía escapar, a causa de su impetuosidad y su deseo de que Delphi tuviera una vida normal.

Consciente de todo eso, se acercó a Leo con su vestido negro y su cabello recogido. Se ruborizó al ver que él la examinaba de arriba a abajo. En un momento de debilidad, había investigado por Internet el tipo de mujeres con las que él solía salir: altas, rubias, muy arregladas; experimentadas. Todo lo contrario a ella.

–Muy recatada –murmuró él cuando se le acercó.

–De haber sabido que era algo informal, yo también me habría puesto unos vaqueros –replicó ella tensa, con la mirada fija en el paisaje de Atenas.

Aunque era espectacular, no superaba la belleza del hombre que tenía al lado.

–Me gusta vestir informal en casa, así que aquí puedes ir como quieras... incluso desnuda, si lo prefieres –terminó él suavemente.

Ángela se ruborizó aún más ante el tono burlón. ¿Qué demonios veía en ella?

–No lo creo.

–Qué pena.

Él le ofreció una copa de vino. Ángela la tomó; lo que fuera para darle valentía.

–¿Qué te parecen las vistas? ¿A que son fabulosas?

Ángela elevó la mirada y contempló el perfil de Leo, con un leve golpe en la nariz, y la cicatriz sobre el labio. Rápidamente, agachó la cabeza, temerosa de que él la sorprendiera mirándolo.

–Sí, son muy bellas –respondió.

Se acordó de algo y comprobó la hora.

–De hecho, en cualquier momento... Sí, ahí lo tienes –dijo, señalando la Acrópolis a lo lejos, empezando a iluminarse.

Oyó a Leo tomar aire sorprendido, pero no se atrevió a mirarlo.

La Acrópolis iluminada le parecía mágica. ¿Le ocurriría lo mismo a él? Sintió una sacudida interior al pensar en que ella había crecido viendo aquello, pero él no había podido.

–La había visto iluminada antes, pero nunca el momento en que las luces comienzan a encenderse –comentó él.

Ángela murmuró algo, sintiéndose tremendamente culpable, y respiró aliviada cuando la doncella entró con la cena.

Leo hizo que Ángela lo precediera camino de la mesa. Observó su cabello oscuro y sedoso recogido en un moño bajo, y su cuello largo y elegante. Luego se detuvo en sus piernas desnudas, delgadas pero bellamente contorneadas, que lo excitaban.

El nerviosismo de ella le había sorprendido. ¿Por qué seguía fingiéndolo, si ya habían establecido las cosas entre ellos? Y eso de recomendarle ver la Acrópolis iluminada, que en otras circunstancias él habría considerado un gesto dulcemente considerado... Ella no estaba comportándose como él habría imaginado, al verse tan crudamente manipulada.

Se sentaron. Leo la fulminó con la mirada, pero ella tenía la vista gacha, y estaba atareada enderezando sus cubiertos y su servilleta. Tramaba algo, intentaba desarmarlo por alguna razón, se dijo Leo. Recordó que había pasado por su casa, y su padre debía de haberle aconsejado. Maldijo en voz baja. No confiaba en ella, ¿por qué intentaba comprender su comportamiento? El único comportamiento que debía importarle era como su amante, tanto en sociedad como en su cama.

Ángela se esforzó por comerse la deliciosa cena, pero le sabía a serrín. Lo único que existía para ella era el hombre cenando a su izquierda. No podía apartar la mirada de sus manos, de aspecto tan poderoso. La tensión iba aumentando, sobre todo cuando imaginaba esas manos en otros lugares. Por ejemplo, sobre ella.

Él, sin embargo, parecía feliz de concentrarse en su comida. Ángela tenía multitud de preguntas para hacerle: ¿esperaba acostarse con ella esa noche? ¿Cómo reaccionaría cuando descubriera su falta de experiencia? ¿La rechazaría como había hecho Aquiles? ¿Y por qué esa idea le dolía tanto? ¿Por qué no podía dejar de pensar en él, a pesar de que estaba chantajeándola?

Se sentía más confusa y vulnerable que nunca.

Sintió algo rozándole la pierna bajo la mesa y dio un grito, al tiempo que se le caía el cuchillo al suelo. Entonces vio que se trataba de un gato. Después de disculparse, y de que la doncella le llevara un cuchillo nuevo, se quedaron solos de nuevo.

Leo dejó los cubiertos en el plato y Ángela dio un respingo.

–¿Por qué estás tan tensa?

Ella lo miró con recelo. Intentó responder, pero no le salían las palabras. De pronto, el ambiente se había vuelto denso, cargado de electricidad. ¿Era eso el deseo?

–¿No tienes apetito? –inquirió él, enarcando una ceja.

Ella negó con la cabeza y vio que él clavaba la mirada en su boca. Sintió un cosquilleo. ¿Por qué diablos no podía ser inmune a él, ponerse en pie asqueada y decirle que, si la tocaba, llamaría a la policía? Pues porque seguramente sería él quien avisara a la policía, y Delphi y Stavros volverían al punto de partida. O a algo peor, dada la tormenta mediática.

De pronto, le asaltó la auténtica razón: a pesar de todo, quería que él la tocara. Lo deseaba desde el momento en que lo había visto salir de la piscina... Odiaba admitirlo, sobre todo cuando había eliminado el sexo de su vida tras su primera experiencia.

Sus hormonas la habían traicionado y se habían puesto del lado de aquel hombre.

De pronto, Leo se puso en pie. Los ojos le brillaban, prometedores.

–A mí también se me ha pasado el hambre de comida.

Algo en su tono de voz resonó en el interior de Ángela. Vio que él le tendía una mano, y dudó antes de tomarla. Se dijo que aquello era parte del acuerdo. Estaba asegurando la libertad y felicidad de Delphi. Lo único que tenía que hacer era... Se tropezó conforme salían del comedor. Se encontraron con la doncella, y Leo explicó que estaban cansados y se iban a la cama.

A Ángela se le encendieron las mejillas y, conforme subían las escaleras, intentó soltarse, presa del pánico.

–Sabe exactamente lo que vamos a hacer.

–Espero que sí. Eres mi amante –señaló él secamente–. Y, si los chismorreos aquí se parecen algo a los de Nueva York, mañana toda Atenas sabrá que me he acostado con Ángela Kassianides.

Capítulo 5

LAS SEVERAS palabras de Leo dejaron a Ángela sin habla. Conforme él la conducía a su dormitorio, sintió como si no tuviera otra opción. Se reprendió a sí misma: siempre había elección. Pero mantener su dignidad y marcharse tendría consecuencias sobre la persona que más le importaba.

Además, cuando vio a Leo cerrar la puerta de un puntapié y la condujo a su enorme cama, descubrió que no deseaba marcharse. ¿Estaría usando a Delphi para justificar aquello? Asqueada de sí misma, se soltó de Leo. Había relegado el hecho de ser virgen a un lugar que no quería explorar, pero iba a tener que afrontarlo.

Se apartó de él y se irguió.

—No voy a acostarme contigo como cualquier concubina.

Él frunció los labios.

—No, vas a acostarte como la amante que eres. Estoy seguro de que no es ni tu primera ni tu segunda vez, Ángela, no te hagas la tímida —dijo él, con una sonrisa cruel—. Tengo suerte de que ahora no estés con nadie.

—¿Cómo sabes eso? —preguntó ella, casi sin aliento.

Leo se le acercó.

—Porque, desde que me fui de Atenas, he hecho que te siguieran y me contaran todos tus movimientos —añadió, recogiéndole un mechón de pelo tras la oreja—. Sé que debes de estar deseando volver a vivir la vida que ya no puedes tener, debido a la codicia de tu padre.

Vio que él tomaba sus manos, secas y algo ásperas de tanto limpiar. Cada vez que había limpiado un inodoro, se había imaginado puliendo el oro blanco de una de sus creaciones.

Leo le besó las manos, acelerándole el pulso, aunque la conmoción no la dejaba reaccionar. ¿Él había hecho que la siguieran?

–No puedes negar que deseas volver a tener una vida fácil... y yo puedo proporcionártela.

–Sólo temporalmente –puntualizó Ángela, con amargura porque él en realidad no la conocía.

Sabía que eso le daría la impresión de ser una avariciosa, y detestó que le importara.

Leo enarcó una ceja.

–Eso depende de ti, Ángela, según cuánto me complazcas en la cama...

El pánico se apoderó de ella. Él creía que era una mujer experimentada. Ciertamente, la mayoría de sus compañeras lo eran. Pero Delphi y ella siempre habían sido de otro tipo, debido a la naturaleza controladora de su padre. Por eso su hermana Damia se había rebelado y había tenido un final tan trágico.

–Leo, no creo que entiendas que...

Él la sujetó por la nuca.

–No hay nada que comprender, excepto esto –le interrumpió y, antes de que ella pudiera reaccionar, estaba besándola por segunda vez en veinticuatro horas.

Habían ocurrido tantas cosas en tan poco tiempo, que la cabeza le daba vueltas, aunque estaba olvidándose de todo conforme él la besaba, despertando una respuesta que ella no podía evitar.

Con un gemido de desesperación, Ángela posó las

manos en el pecho de él y lo agarró de la camisa. Necesitaba agarrarse a algo, tan intenso era el efecto que aquel hombre tenía sobre ella.

La lengua de él buscó la suya, y Ángela se derritió. Recordó lo sucedido en el estudio, y su desvergonzada respuesta. Pero en aquel momento no tenía tiempo para sentirse humillada: sólo podía sentir una necesidad recién descubierta y creciente.

Sintió las manos de Leo en su espalda, bajándole la cremallera del vestido. Ángela se separó y elevó la mirada. Jadeaba, y el corazón le latía con tanta fuerza, que creyó que iba a desmayarse. Sentía los labios hinchados. Sólo pudo quedarse de pie mientras sentía la fría brisa nocturna en su piel, conforme la cremallera descendía. Y mientras tanto, Leo no dejaba de sostenerle la mirada.

Al llegar al final de la cremallera, justo encima de los glúteos de ella, Leo la abrazó y le acarició la espalda desnuda. Ángela se estremeció violentamente; los pezones le cosquilleaban. Sintió que él le desabrochaba el sujetador. Las cosas estaban yendo demasiado rápido.

Bruscamente, se apartó de aquellas manos zalameras, sujetándose el vestido. Iba a decir algo, cuando él comenzó a desvestirse. Y al verlo desnudo ante ella, como un orgulloso guerrero, se quedó sin aliento: tenía un torso ancho y musculoso, y su vientre plano terminaba en una mata de vello de la cual emergía una intimidante erección. Ángela sólo había visto a un hombre en aquel estado, y no estaba preparada para aquella impresionante virilidad.

Antes de darse cuenta, él le había quitado toda la ropa menos las bragas. Ángela gritó, y se tapó los senos con un brazo y la entrepierna con otra mano.

Leo rió burlón.

—Deja de fingir inocencia...

—Es que yo no...

—Basta de charla –gruñó él, besándola y acercando sus cuerpos desnudos.

Ángela dejó de pensar al entrar en contacto con aquella turgente erección. A pesar de lo excitada que estaba, no se sentía preparada para aquello. Nunca lo estaría. Había creído que tal vez podría fingir, pero no era así.

Leo estaba llevándola a la cama y tumbándola. Las cosas iban demasiado rápido. Tenía que detenerlo, aunque estuviera volviéndola loca. No podía permitir llegar al mismo punto que con Aquiles, y que Leo la mirara con el mismo horror al descubrir que era virgen. Recordaba el insoportable dolor y la terrible humillación cuando Aquiles no había podido penetrarla: le había gritado que era una frígida y que nadie querría acostarse con ella.

Aunque ella sentía que aquella ocasión era diferente y no tenía por qué terminar igual, su cerebro le advertía del dolor y la humillación que podían producirse. Y enfrentarse a lo mismo con Leo sería mucho peor que con Aquiles. Esa conclusión fue suficiente para ponerla en acción.

Con un esfuerzo descomunal, empujó el pecho de Leo. Él estaba acariciándole pierna arriba, haciéndole perder el control de su propio cuerpo.

Ángela cambió de postura y le apartó la mano violentamente.

—¡No!

El sonido reverberó en la habitación.

Leo se detuvo en seco. Ángela lo miró, pero sólo pudo adivinar sus rasgos. Él también respiraba acelerado.

–Tengo que decirte algo... –comenzó.

Después de un largo rato, Leo se apartó y encendió una lamparita en la mesilla. Bruscamente, recogió sus vaqueros del suelo y se los puso.

Ángela se sintió expuesta y se tapó con la sábana. Él necesitaba una mujer con experiencia, como las de las fotos de Internet. Sintió náuseas.

–¿Y bien, Ángela? Ya puede ser bueno.

Ella se hubiera puesto en pie, pero la sábana estaba enganchada a la cama. Bajó la cabeza, reuniendo todo su valor, y agradeció que el cabello le ocultara el rostro.

Por fin, elevó la vista.

–Soy virgen.

Leo se la quedó mirando, extrañamente quieto, y la atmósfera se volvió densa.

–¿Qué has dicho?

Ángela tragó saliva.

–Que soy virgen.

–Eso no puede ser –replicó él.

Ángela sintió la losa de la humillación. Aquello iba a ser mucho peor de lo que había imaginado. Se levantó de la cama de un salto y se subió el vestido hasta el pecho. Miró a Leo.

–Me temo que sí puede ser. No soy lo que tú... Nunca he sido la amante de nadie.

Leo hizo un gesto despectivo con la mano.

–Mientes –dijo furioso–. Éste es uno de tus trucos. Ya te lo he dicho, no me gustan los juegos.

–Ni a mí –replicó ella desesperada–. Cree lo que quieras, Leo, pero no te llevaría mucho comprobar que estás equivocado.

Él se la quedó mirando como si quisiera ver en su interior. Ángela no pudo soportar tanta intensidad:

bajó la cabeza y sintió el impulso de disculparse, pero lo reprimió.

–No hemos tenido oportunidad de...

Se detuvo, avergonzada.

–Podrías habérmelo dicho cuando te anuncié que iba a convertirte en mi amante –comentó él con tono gélido.

Ella elevó la vista, furiosa. ¡Estaba pasando por la misma humillación otra vez!

–¿Y cómo? ¿«Que sepas que soy virgen»?

Leo la fulminó con la mirada y, de pronto, se quedó inmóvil. Ángela lo miró recelosa.

–¿Regresaste aquí para acostarte conmigo, tras comentar las distintas opciones con tu padre? –inquirió él suavemente–. ¿Como una especie de sacrificio?

Ángela lo miró horrorizada. Negó con la cabeza.

–En absoluto. ¿Cómo puedes pensar algo así? Mi padre ni siquiera está aquí, se ha marchado a Londres –dijo disgustada.

Evidentemente, él no quería acostarse con ella, romper su inocencia. De pronto, Ángela no pudo soportar sentirse tan vulnerable frente a él.

–Me voy a mi habitación.

Tras un largo instante, él asintió.

–Buena idea.

Leo la observó salir de la habitación, con el vestido a medio cerrar enseñando parte de su suave espalda. Estaba conmocionado: ella era virgen. ¿O no? Se maldijo a sí mismo. Efectivamente, no tardaría mucho en comprobarlo y, si la poseía en aquel momento, tal y como deseaba, y ella decía la verdad... entonces, le haría daño.

De ser cierto, ella no había tenido incontables amantes, y él debía replantearse su opinión sobre ella. La incomodidad se apoderó de él. Se sentó en el borde de la cama, con la cabeza gacha. ¿Cómo era posible que alguien como ella se mantuviera virgen con veinticuatro años? Por alguna razón, no se sentía preparado para profundizar en esa reflexión.

Recordó entonces la noche anterior, en su estudio. La había llevado muy cerca del orgasmo, y plenamente vestida. Había creído que ella fingía, pero si no fuera así, eso explicaría su expresión de conmoción y vergüenza.

Miró hacia la puerta por la que ella acababa de salir, y tuvo la certeza de que había dicho la verdad.

Estaba furioso consigo mismo por no haber advertido las señales. Era un experto en mujeres, pero había besado a una inocente y no se había dado cuenta. Y todo, por estar demasiado excitado. En cuanto se acercaba a ella, las hormonas le dominaban. Hizo una mueca de disgusto.

Cuando ella le había hecho detenerse, él había necesitado más fuerza de la que creía poseer, para separarse de aquel cuerpo ágil y firme. Casi había explotado con sólo ver sus senos, dos montículos hermosamente redondeados, coronados por unos pezones pequeños y erectos, animándolo a que los succionara.

El deseo estaba apoderándose de él de nuevo. Y había algo más: ningún otro hombre había descubierto los secretos del cuerpo de Ángela. Sintió un extraño cosquilleo en el pecho: muchos hombres podían desearla, pero él sabría que ninguno había sido su amante. Ella era virgen, y era suya. Algo primario renació en su interior ante lo que eso implicaba.

Para horror suyo, en cuando salió de la ducha, lágrimas de frustración le bañaron las mejillas. Ángela se llevó las manos al rostro. No podía creer lo que sentía. No podía creer que Leo, a quien apenas conocía, le hubiera llegado tan hondo que pudiera herirla hasta aquel punto, cuando en realidad debería odiarlo. ¿Cómo podía querer que alguien como él la deseara? ¿Por qué no le hacía feliz haber quedado por encima de él? Por un instante, le había hecho una mella en su insufrible confianza en sí mismo.

Por fin, salió de la ducha y se medio secó con un enorme albornoz que colgaba de la puerta. Se sentía vacía y triste. Aquiles la había dejado al descubrir que era virgen, al saber que no podría complacerlo. Pero Aquiles era un adolescente. Leo Parnassus era un hombre, y muy viril. Ella había tenido razón en preocuparse: resultaba obvio que él no quería tener nada que ver con una novata. Ni por un momento se planteó que tal vez lo hubiera pillado desprevenido; que tal vez se hubiera detenido, llevado por una intención honorable. Si se adentraba en ese terreno, le surgían multitud de sentimientos; era más sencillo pensar que él era cruel e implacable.

¿Qué sucedería a partir de entonces? ¿Tal vez Leo mantendría amantes en secreto, mientras se paseaba con ella en público, luciéndola como su amante oficial? Se le encogió el corazón. Eso sería una humillación mucho mayor.

El hecho de que él no quisiera acostarse con ella hería profundamente su confianza, por mucho que intentara fingir lo contrario.

Salió del baño y apagó la luz. Entonces, oyó un sonido apagado y elevó la vista, tensa.

Leo estaba frente a ella, en vaqueros, con el botón superior abierto, dejando asomar el oscuro vello que conducía a... Ángela tragó saliva. ¿Tan patética era que se dedicaba a soñar?

–Ven aquí –ordenó él, tendiéndole una mano.

Con piernas temblorosas, intentando ignorar el cosquilleo en sus venas, Ángela se le acercó, aunque se detuvo a un par de pasos de distancia, para sentirse protegida. Que él estuviera allí no significaba nada.

Entonces, él se abalanzó sobre ella y la besó. Ángela abrió la boca sorprendida y Leo aprovechó la ocasión y le introdujo la lengua. Ella sintió que le temblaban las piernas y tuvo que agarrarse a la cintura de él para no caerse. Al contacto con la piel sedosa de él, abrió las manos para sentir más. No podía explicar lo que ocurría, sólo era capaz de sentir. Ignoró las voces de advertencia en su interior.

Leo se separó un poco y, con un gesto casi tierno, le recogió un mechón de pelo húmedo detrás de la oreja. La miró fijamente, con ojos brillantes.

–Ahora eres mía, Ángela, y de nadie más.

Ella lo miró y no pudo hablar. El momento era demasiado intenso. Leo le abrió el albornoz, y ella ganó algo de confianza en sí misma ante su mirada de deseo al ver su cuerpo desnudo. Luego, él se lo quitó, y la prenda cayó al suelo silenciosamente. Ángela sintió una cálida humedad en su entrepierna y se contuvo para no retorcerse.

Con el corazón desbocado, observó a Leo quitarse los vaqueros de nuevo. Era tan magnífico como lo recordaba. Quiso tocarlo. Como si le adivinara el pensamiento, él le invitó a hacerlo.

Tímidamente, ella rodeó la erección con su mano, y oyó que él tomaba aliento. Era algo maravilloso, caliente y sedoso, pero con corazón de acero. Movió una mano arriba y abajo, y se asombró al sentir que se endurecía y crecía más. Oyó el largo siseo de Leo y lo miró: tenía el rostro tenso, las pupilas dilatadas, las mejillas más oscuras. Imaginárselo dentro de ella resultaba demasiado maravilloso.

Él le apartó la mano suavemente.

—Si continúas tocándome así, esto terminará enseguida para ambos.

Ángela, que había temido estar haciéndolo mal, se ruborizó aliviada. Leo la llevó hasta la cama y la tumbó delicadamente. Luego se le puso encima, enorme y poderoso. Hacía un momento, con el mismo movimiento, ella se había sentido abrumada, pero algo había cambiado. Leo estaba comportándose con una delicadeza enormemente seductora.

La besó apasionadamente, y Ángela se arqueó hacia él, buscándolo con sus manos, abrazándolo, como intentando sentir cada parte de él.

Leo rompió el beso, y ella protestó con un gimoteo que se convirtió en gemido cuando sintió que él tomaba uno de sus senos en una mano y acercaba la boca al pezón erecto. Con la otra mano, fue subiendo por su muslo hasta la entrepierna. Ángela se arqueó de nuevo, presa de un intenso deseo, y hundió las manos en su cabello.

La boca de él cambió al otro seno, mientras sus dedos encontraban su punto más sensible. Ángela ahogó un gemido cuando sintió que acariciaba sus pliegues húmedos e hinchados. Luego, lo sintió descender con sus besos hasta el vientre. Ángela irguió la cabeza, ebria de deseo.

—Leo... Por favor...

Ni siquiera sabía qué pedía.

—¿Qué es lo que deseas? —la animó él, con voz ronca.

Continuó acariciándola, haciéndola retorcerse de placer, hasta que, sin apartar la mirada de sus ojos, introdujo dos dedos en su interior. Ángela ahogó un grito. La sensación era tan... íntima. Mientras mantenía la mano ahí, Leo subió la cabeza hasta meros centímetros de uno de los senos de ella, que lo apuntaba descaradamente.

Envalentonada, Ángela se le ofreció, arqueándose. Con una sonrisa salvaje, él sacó la lengua y jugueteó con el pezón hasta endurecerlo. Ángela echó la cabeza hacia atrás. La deliciosa sensación de antes estaba sucediendo de nuevo, y no podía detenerla, no deseaba hacerlo.

Justo cuando iba a alcanzar la cima, Leo retiró la mano de su entrepierna y se movió levemente. Ángela gimió desesperada. Oyó rasgarse un paquete. Un preservativo.

Enseguida, Leo se colocó de nuevo encima de ella. Enorme y poderoso. Lo sintió moverse entre sus piernas.

—Ábrete para mí, Ángela...

Así lo hizo, ofreciéndole acceso a su interior. Él paseó la punta del pene por sus húmedos pliegues para ver si estaba preparada. Ella gimió y echó la cabeza hacia atrás. Empezó a mover las caderas hacia él: quería que la penetrara. Pero él se retiró un momento.

—Paciencia, Ángela... —le dijo con voz ronca.

Se colocó sobre ella y la penetró, besándola al mismo tiempo como para absorber su dolor.

Ella ahogó un grito. La punzada de dolor estaba ahí, pero no como la había sentido antes. Él se retiró y la miró.

—¿Todo bien?

Ella asintió.

Sintió que él se adentraba un poco más, e hizo una

mueca de dolor. Pero la molestia estaba siendo rápidamente reemplazada por algo maravilloso.

El corazón le brincó en el pecho.

–Todo bien, Leo –susurró.

En aquel momento, se dio cuenta de lo mucho que él estaba conteniéndose: los hombros le temblaban ligeramente y tenía la frente bañada en sudor. Con un gemido ronco, Leo se introdujo por completo, y ella ahogó un grito, al tiempo que se arqueaba instintivamente.

No podía hablar. Se sentía tan completa, tan como debía ser... Así que se expresó con los ojos y las manos, urgiéndole a continuar, a establecer un ritmo, sin saber bien lo que hacía o pedía.

Leo se retiró y volvió a penetrarla, suave y lento al principio, permitiendo que se acostumbrara a él. Pero Ángela pronto sintió el deseo escalando en su interior. Quería que él fuera más rápido, más duro. Necesitaba responder a algún profundo instinto de su parte femenina.

–Leo, por favor...

–Sí, Ángela... quédate conmigo.

Él atendió su incoherente petición. Con sus cuerpos bañados en sudor, empezó a penetrarla justo como ella deseaba. Ángela movió las caderas acompañándolo. Y de pronto, toda sensación que había conocido fue alcanzada y trascendida. Dejó de respirar, sin apartar la mirada de los ojos de él. ¿Sabía él lo que le estaba sucediendo? Lo vio sonreír como si lo supiera perfectamente y, con una última embestida, Ángela se vio transportada a otro universo.

Leo estaba tumbado boca arriba, abrazando a Ángela, apoyada sobre él. Sentía los senos de ella aplastados contra su pecho. Todavía conservaba su sabor en la boca.

Aunque la había poseído hacía poco tiempo, su cuerpo estaba preparado para repetir. De hecho, nunca se había mantenido tan excitado después de haber hecho el amor. Podía sentir los latidos del corazón de ella, recuperando su ritmo normal poco a poco. Supo que se había quedado dormida.

La cabeza le daba vueltas. Él había practicado mucho sexo, pero nada comparable a lo que acababa de experimentar. Intentó racionalizarlo: tenía que deberse a que ella era virgen. De no ser así...

Ángela fue recuperando la conciencia poco a poco. Estaba pegada al cuerpo de Leo, quien la abrazaba con fuerza. Recordó todo en glorioso Technicolor. Ya era una mujer. Leo no la había rechazado. Rápidamente, sintió su entrepierna húmeda, preparada de nuevo para él. Acarició su torso, explorando los poderosos músculos bajo aquella deliciosa piel cetrina y el vello que le hacía cosquillas. Sintió cómo se tensaban y sonrió. No quería hablar, no podía hacerlo; sólo le deseaba.

Cuando su mano aventurera encontró lo que buscaba, se alegró al notarlo tan duro y preparado. Miró a Leo a los ojos: al verlo tan serio, un escalofrío le recorrió la espalda, pero lo reprimió. Él detuvo su mano.

–Seguramente tienes molestias.

Ella negó con la cabeza y le tapó la boca con un dedo. Sí que tenía molestias, pero se debían a haber alcanzado la plenitud, no a sentir dolor. Agarró la otra mano de él y se la colocó en la entrepierna, para que pudiera sentir por sí mismo lo preparada que estaba.

Leo gruñó algo y, con un movimiento rápido, la tumbó de espaldas y se colocó sobre ella, haciéndole entreabrir las piernas. Ángela sintió el deseo aumentando en su interior. Si hubiera podido detenerlo y aminorar el ritmo, lo habría hecho.

–Leo, esto es lo que deseo. Por favor...

Él se quedó a centímetros de la boca de ella.

–Ya que lo pides tan educadamente...

Cuando Ángela se despertó de nuevo, las cortinas estaban abiertas y el sol inundaba la habitación. Por un instante, se quedó en blanco. Y de pronto, fue notando ciertas molestias y sensaciones nuevas en su cuerpo. Recordó la gloriosa noche pasada, y el corazón se le aceleró. Leo no estaba en la cama, de alguna manera lo había sabido al momento.

Estaba impresionada por lo rápido que su vida había cambiado completamente. El día anterior, a esa hora, todavía era virgen.

Se le desvaneció la sonrisa al darse cuenta de la enormidad de todo aquello. ¿Cómo podía sentir algo así por alguien que había dejado muy claro que la admitía como amante porque la deseaba y deseaba castigarla? Frunció el ceño con la vista clavada en el techo. Estaba confusa: Leo le había arrebatado la inocencia con tanta generosidad que la abrumaba. Varias veces había advertido sus esfuerzos por contenerse, como si temiera hacerle daño.

Ángela miró por debajo de la sábana, ignorando las marcas tras una noche de seducción. No había sangre, señal del cuidado que había tenido él, a pesar de haberlo urgido con desesperación.

Con un creciente sentimiento de algo grande en el pecho, Ángela se levantó y se puso el albornoz, tras recogerlo del suelo. Recordó cómo había llegado allí y se ruborizó.

Sin pensar en lo que hacía, se dirigió a la puerta que conectaba ambos dormitorios. Dudó unos momentos, y la abrió.

Se detuvo en seco al ver a Leo frente al espejo de su armario, anudándose la corbata. Él la miró a través del espejo un instante y siguió con su tarea, sin ningún cambio en su expresión. Ángela no sabía muy bien qué esperar, pero no aquello. Se quedó sin habla. Él resultaba tan distante e intimidatorio con su traje oscuro, camisa blanca y corbata... Parecía el exitoso hombre de negocios que era. Nada que ver con el tierno amante de la noche anterior. De pronto, Ángela supo que había sido una completa imbécil.

Leo la miró de nuevo, con tanta gelidez que la hizo ruborizarse. Enarcó una ceja.

—¿Querías algo?

Ángela sintió que algo se rompía en su interior. Leo estaba comportándose como si no acabara de suceder el acontecimiento más cataclísmico del mundo. De pronto, se dio cuenta horrorizada de que para él no lo había sido. En el mejor de los casos, habría sido algo banal. ¿Y cómo no iba a serlo, con una completa inexperta como ella?

Sacudió la cabeza.

—Sólo quería...

«¿El qué?», se burló interiormente con amargura, maldiciendo su impulso de haber ido allí. ¿Cómo podía haberse olvidado de por qué se encontraba allí?

Eran demasiadas impresiones al mismo tiempo. Leo se giró, con el nudo de la corbata perfecto, el traje impecable, el pelo peinado hacia atrás, el rostro bien afeitado. Distante.

Ángela analizó la situación rápidamente. Se apretó el cinturón del albornoz, apenas reparando en que él la observaba hacerlo. Elevó la barbilla e intentó sonar fría.

—Sólo quería saber a qué hora vendrá la estilista. Dijiste que la harías venir hoy.

Lo vio apretar la mandíbula y acercarse a ella con tranquilidad y paso firme. Ángela recordó aquellos muslos musculosos entre los suyos la noche anterior, y se esforzó porque no se le notara lo descolocada que se sentía. Él se detuvo a cierta distancia y la recorrió con mirada hambrienta, que casi le hizo perder la compostura.

—Anoche fuiste una estudiante de lo más dispuesta, Ángela. Creo que nuestro tiempo juntos va a ser de lo más... divertido.

Ángela hirvió por dentro, de humillación y de dolor, al oír el desprecio de él. Sin duda, se había comportado desesperadamente dispuesta, se había metido en la cama de él con humillante facilidad. Quiso devolverle la pulla, y elevó la barbilla un poco más.

—No puedo saberlo, ya que apenas poseo experiencia con la que compararlo. Pero debo reconocer que la noche de ayer fue... suficientemente agradable.

La sonora carcajada de Leo le hizo dar un respingo. Él le lanzó una mirada de advertencia, y sonrió burlón.

—Muñeca, sé exactamente lo que fue para ti. Sentí cada estremecimiento de cada uno de tus orgasmos, así que no finjas que sólo fue «agradable».

Ángela notó que algo se marchitaba en su interior.

—Como he dicho, tú sabes más que yo. Aunque seguro que pronto se acabará la novedad.

Leo la agarró de la barbilla.

—Al contrario. No creo que esta novedad desaparezca en un tiempo. Eres puro fuego debajo de tu fachada angelical, y estoy deseando explorarlo. Esto es sólo el principio –susurró él, y se apartó.

A Ángela le pareció ver, por un instante, una mella en su armadura, y se le aceleró el pulso. Pero entonces él miró su reloj y dijo resueltamente:

–La estilista llegará al mediodía, seguida de una experta en tratamientos de belleza. Esta noche haremos nuestra primera aparición pública, en un baile para celebrar mi incorporación a Parnassus Shipping como director ejecutivo. Seguro que te diviertes. Va a ser en el hotel Grand Bretagne, del que bien conoces sus sábanas sucias. Volveré luego. Ponte algo apropiado para tu primera aparición como mi amante –ordenó, y le acarició la mejilla con un dedo–. Estoy deseando que, el tenerte a mi lado, revuelva las cosas.

Capítulo 6

CONFORME Leo asistía a una reunión en su nueva oficina, esa misma mañana, descubrió que no lograba concentrarse; lo cual tampoco le preocupaba, ya que estaba dos pasos por delante de todos los demás en la sala. Lo único en lo que podía pensar era en Ángela y en la noche anterior. Y en el aspecto de ella por la mañana, al entrar en su dormitorio: la sacudida en su pecho cuando la había visto dudar; cuánto le había costado quedarse quieto al ver su rostro ruborizado y sus grandes ojos azules, y no arrancarle el albornoz y volver a tumbarla debajo de él.

Se excitaba incluso al recordarlo, algo que no agradecía en mitad del día, en su ámbito de trabajo, y con Ari Levakis mirándolo con el ceño fruncido. Tenía que recuperar la cordura, se reprendió. Ángela Kassianides no valía la pena.

Por la mañana, había creído ver una vulnerabilidad en el rostro de ella que le había hecho cerrarse, protegerse frente al inevitable intento de convertir la intimidad en algo emocional. Pero luego, cuando se había acercado, la había visto serena y fría. Tanto, que sería un tonto si creyera alguna de las reacciones de ella.

Ángela era su amante, *suya*, y la idea de lucirse

con ella por la noche, sabiendo que no había ningún otro hombre, le resultaba tremendamente atractiva.

Aquella noche, Ángela viajaba en el coche de Leo con un enorme nudo en la garganta. No había podido sacudirse la frialdad que él le había despertado por la mañana. De hecho, no creía que fuera a permitir que la tocara de nuevo. Justo entonces, como burlándose de su decisión, sintió la mano de él cubriendo la suya, sobre su pierna, y se le aceleró el pulso.

–Estás muy guapa esta noche.

Ella recurrió a toda su fuerza para controlar sus emociones y se giró lentamente hacia él, ocultando su torbellino interior. Forzó una sonrisa.

–Has pagado mucho para ello.

Los ojos de él, con aquellos destellos dorados, amenazaban su control. Aunque deseaba apartarse, permitió que su mano siguiera donde estaba. El esmoquin elevaba su atractivo a otro nivel.

–El dinero no tiene nada que ver con la auténtica belleza. Y tú, Ángela, eres verdaderamente bella –aseguró él, sorprendido por su tono sincero.

Al ir a buscarla a su habitación, no había sabido qué se encontraría. Estaba nervioso. Y al verla de espaldas, frente a la ventana, se había quedado sin aliento. Era la primera vez que le ocurría algo así.

El vestido era largo, de color azul turquesa. Y de seda. La envolvía convirtiéndola en una diosa. Y el cabello se lo había recogido en un moño. La lujuria no le había permitido advertir nada más.

Molesto con su reacción, la había llamado para que se girara, y ella lo había hecho con la cabeza muy alta, tan lentamente que él había reaccionado como si le hiciera un striptease, ¡y ni se había quitado la ropa! Le había hecho un gesto de que se acercara. Y, cuando la había visto caminar, con la seda acariciando su cuerpo...

Regresó al presente y se removió incómodo en el asiento del coche.

Por un segundo, aquella mujer fría y contenida pareció insegura. Leo reaccionó: ¿qué estaba haciendo, babeando así por ella? Le apretó la mano con fuerza y sintió sus delicados huesos, y la piel algo áspera por el trabajo que había tenido que hacer, y algo se le encogió en el pecho de nuevo.

Apartó todos los sentimientos nebulosos que no comprendía.

—¿Cómo crees que reaccionará tu padre mañana cuando abra el periódico y nos vea juntos? Porque esto va a dar la vuelta al mundo...

Ángela se estremeció e intentó apartar su mano, pero él la sujetó fuertemente. Lo odió con todas sus fuerzas. Lo único que le contuvo de bajarse del coche, según se detenía en un semáforo, fue la llamada de Delphi horas antes, anunciándole eufórica que se casaría con Stavros al mes siguiente. Leo había cumplido su palabra con prontitud.

—Sabes muy bien cómo reaccionará —contestó ella roncamente—: Se sentirá terriblemente humillado.

Leo enarcó una ceja, escéptico.

—¿De veras? ¿O habéis planeado todo esto los dos juntos?

Detestando sentirse tan acorralada y cuestionada, Ángela atacó.

—¿Y qué si lo hemos hecho? Nunca lo sabrás.

Lo vio acercarse, y se arqueó hacia atrás. No fue buena idea: él le sujetó la nuca con una mano, y la otra la posó en su seno cubierto por la seda. El vestido no

permitía ponerse sujetador, y Ángela contempló horrorizada cómo se le marcaba el pezón. Contuvo un
gemido cuando él se lo acarició con el pulgar. ¿Cómo
podía encenderla tanto?

—Sí que lo sabré, porque a partir de ahora, hasta
que me aburra de ti, conoceré todos tus movimientos.
Así que, cualquier plan que hayas urdido será inútil.

—Pero si no hemos...

Él la impidió continuar con un beso salvaje. Todo
desapareció en un torbellino de deseo.

Desde que lo había sentido entrar en su habitación,
Ángela había deseado que la besara. No fue consciente de que el coche se detuvo, ni del carraspeo del
chófer. Sólo sintió que Leo se separaba y lo vio sonreír triunfal. Ángela siguió su mirada, que estaba recreándose en sus pezones erectos.

—Perfecto —afirmó él.

Y, antes de que ella se diera cuenta, Leo había salido del coche y estaba ayudándola a bajar. Ángela se
sintió mareada: sólo existía la mano de Leo rodeando
la suya, y un sinfín de flashes y preguntas. Acababa
de convertirse en propiedad pública de Leo.

Una vez acomodada en su asiento, se sintió fuera
de lugar. Había pasado tanto tiempo en el internado,
y luego en la universidad, que nunca se había inte-
grado del todo en la sociedad ateniense. A pesar de
eso, conocía a algunas personas en la sala, y detestó
que le afectara el que murmuraran sobre ella.

En el aseo, había escuchado a dos mujeres hablando de ella.

—¿Puedes creerte que haya venido con ella? No me
sorprendería que sólo lo haya hecho como una venganza contra su padre. Lleva ignorándola toda la noche...

–Pues a mí no me importaría que él me obligara a acompañarlo como venganza... Obviamente, ha visto algo en su rostro, tan angelical que no puede ser cierto.

Ángela recordó aquellas hirientes palabras, y elevó la barbilla y apretó los dientes. Aquella humillación era parte del plan de Leo.

Justo entonces, vio que Lucy Levakis se le acercaba. Era la esposa de Aristóteles Levakis, el socio de Leo, y la única persona que la había tratado con auténtica dulzura, sin duda porque no conocía su historia. Ari Levakis, sin embargo, se había pasado la noche mirándola con recelo. Ángela sintió náuseas. ¿Conocería él la venganza de Leo?

–Parecías muy sola aquí, así que me vengo contigo. Los hombres, ya se sabe, se ponen a hablar de sus cosas y...

Ángela sonrió tímidamente. No quería manchar la fama de aquella mujer.

–De verdad, márchate si quieres. Yo estoy bien aquí.

La vio negar con la cabeza, y entonces reparó en algo que le elevó la moral.

–¿Dónde compraste el collar que llevas?

Lucy sonrió y le habló de que Ari sabía lo mucho que le gustaba y que, con él, le había propuesto matrimonio.

Ángela sonrió, ruborizada de orgullo.

–Es un diseño mío.

–¿Cómo?

Ángela asintió.

–Estudié diseño de joyas en la universidad, y ésa fue la única pieza que vendí de las que hice para mi graduación. El resto de la colección se la regalé a mi hermana y a amigas.

–¡Pues podrías haber hecho una fortuna!

Ángela fue consciente de la ironía. Al poco de graduarse, sus circunstancias personales habían cambiado dramáticamente. De haber sabido que tendría que dar la espalda tan pronto a su profesión soñada, habría guardado su colección. Sonrió arrepentida.

–Preferí regalarla.

Lucy dijo algo y la arrastró hacia Ari y Leo. Los interrumpió eufórica y les explicó el descubrimiento. Ángela vio la mirada aún más recelosa de Ari. Leo, sin embargo, no mostraba ninguna emoción. Sin duda creía que ella mentía.

Entonces Lucy miró el reloj y dijo que, lamentándolo mucho, tenía que volver a casa y relevar a la niñera. Ángela había aprendido que tenían dos hijos pequeños.

Se le encogió el pecho al ver que Ari abrazaba a su mujer y se despedía también de ellos, a pesar de la insistencia de ella en que se quedara.

Según se marcharon, Ángela hizo ademán de volver a su mesa, pero Leo la sujetó de la mano.

–¿Adónde crees que vas?

Ella lo miró, maldiciéndose por ser tan débil. Empezaba a sentir la rebeldía creciendo en su interior.

–Iba a volver a sentarme sola en nuestra mesa, para que todos puedan ver cómo me ignoras. Pero, ahora que han terminado los discursos, ¿qué tal si me subo al estrado? Podría incluso ponerme un cartel, si lo deseas.

–Basta.

–¿Por qué, Leo? ¿No es justamente lo que habías planeado: máxima especulación, máxima humillación? –explotó ella–. Pues, si te sirve de consuelo, no se habla de otra cosa en los cotilleos del tocador, y yo no salgo precisamente bien parada.

Leo fue a replicar, pero alguien los interrumpió. Para

sorpresa de Ángela, Leo no le soltó la mano, y se la presentó al recién llegado. Y el resto de la velada no la perdió de vista, haciendo oscilar sus emociones aún más.

—¿De veras diseñaste el collar de Lucy?

Se encontraban en el coche de regreso a casa. Ángela, exhausta, estaba rotando la cabeza para aliviar su cuello dolorido. Se detuvo y miró a Leo con recelo.

—Por supuesto. No mentiría sobre algo así, ¿para qué?

Su sencillez removió algo profundo en él. La contempló un largo rato.

—Es una pieza muy hermosa —alabó sorprendido—. ¿Y cómo es que no has vuelto a crear joyas desde que acabaste la universidad?

Ángela dio un respingo. Era un tema delicado.

—No tengo ni dónde ni con qué.

Leo sacudió la cabeza.

—Pero llevas tiempo trabajando, seguro que puedes alquilar un taller.

—El equipamiento y los materiales que necesito son demasiado caros.

—Debes de lamentar haber tenido que rebajarte a trabajos de ínfima categoría.

Ángela parpadeó sorprendida. Nunca había lamentado tener que trabajar, sólo el haber tenido que renunciar a su sueño. Pero había tenido que estar ahí para Delphi, y ambas necesitaban seguir viviendo con su padre para reducir gastos. Sacudió la cabeza.

—No tuve elección.

Leo se sorprendió preguntándose por qué ella no había preferido reintegrarse en la vida social de Atenas, en busca de un marido rico de su estrato social. Su hermana sí que lo había hecho... Igual de rápido, se obligó a reprimir su curiosidad, que le conducía a preguntarse cómo ella se había mantenido virgen. Una virgen no iba a la caza de maridos ricos.

Ella ya no era virgen; era suya. Algo primitivo y posesivo se apoderó de él. Al verla sola en la mesa, había deseado ir en su busca; pero le había detenido el hecho de que eso sería señal de debilidad, sobre todo después de que Ari Levakis le cuestionara por haberla convertido en su amante. Así que la había dejado sola, pero había estado pendiente de ella todo el rato, de su pose orgullosa, casi desafiante.

Y cuando ella le había hablado, había sentido vergüenza. Algo que nunca le había ocurrido con una mujer. Su plan era humillarla, pero cuando se hubiera hartado de ella. De momento, le bastaba con saber que, a la mañana siguiente, Tito Kassianides se encontraría la foto de su hija con el enemigo.

En realidad, le había conmocionado oírla decir que era el centro de todos los chismorreos.

La agarró y se la sentó en el regazo. Ella se resistió. Le acarició la espalda a través de la fina seda y la besó en el brazo desnudo. Sintió que ella se relajaba algo y sonrió. La atrajo hacia sí y, con la otra mano, empezó a acariciarle los muslos, firmemente apretados. Los entreabrió haciendo algo de fuerza. Sintió el calor a través de la seda, y su inevitable erección. La sujetó de la barbilla e hizo que lo mirara. No le gustó la mirada de ella, demasiado desnuda, demasiado llena de cosas que él no quería saber. Así que la besó salvajemente y, triunfal, sintió que ella se le entregaba, lo que le excitó tanto que, cuando llegaron a la mansión, estaba ansioso por penetrarla.

Al final de la semana, el mundo entero sabía que Leo Parnassus tenía una nueva amante. Los paparazis acampaban a las puertas de la mansión. Ambos habían salido todas las noches, y la respuesta había sido una creciente histeria de titulares, a cual más humillante para ella. Justo lo que Leo había planeado.

Una mañana, Ángela había bajado a desayunar y había encontrado allí a Leo. Sorprendida y nerviosa, le había preguntado:

–¿Y a tu padre no va a hacerle daño esto? Lleva toda su vida intentando vengar vuestro apellido.

Él la había fulminado con la mirada.

–Mi padre no tiene nada que decir respecto a quién elijo como amante. Además, vengar el apellido es justamente lo que yo estoy haciendo. Si él supiera lo que hiciste, la amenaza que representas, apoyaría mis métodos sin dudarlo.

–Y tú, ¿ya has hablado con tu padre?

Ella había sacudido la cabeza, pálida. Sabía por Delphi que su padre se encontraba en un estado permanente de ebriedad. Su viaje a Londres no había tenido éxito. Al menos, cuando Delphi se casara, se iría a vivir con Stavros, y ella quedaría libre para vivir donde quisiera. Un lugar donde lamerse las heridas tras acabar con Leo.

–No, no hemos hablado –había respondido, ignorando la mirada recelosa de Leo.

Sola en su vestidor, se contempló en el espejo. Estaba agotada. Desde el reencuentro con Leo la fatídica noche en su estudio, no había tenido ocasión de tomar aliento.

Él la consumía completamente. Por las noches, enseñaba a su cuerpo lo poderosamente que podía responder al suyo. Aunque ella seguía avergonzándose de su reacción ante él. Y se pasaba los días recordando momentos que la encendían de nuevo.

No recordaba la vida sin él, sin la cicatriz encima de su boca que la maravillaba.

Intentó no pensar en él y se miró al espejo. Se había puesto el vestido más atrevido hasta el momento: dorado, con escote palabra de honor, y cinturón, sandalias y pendientes de aro dorados.

Al ver las joyas que él le había comprado, se le había encogido el corazón. Cuánto deseaba volver a diseñar sus propias piezas... sencillas, como el collar de mariposa de Lucy.

Oyó un ruido y, al girarse, vio a Leo apoyado en la puerta, listo para salir. Ángela se sintió vulnerable al ser observada. Así solía ser. Él se marchaba cada día al trabajo cuando ella se despertaba con el cuerpo exhausto por la larga noche de sexo. Luego, regresaba a casa, se arreglaba para salir, e iba a buscarla cuando ella también estaba lista. Con la menor conversación posible. Con la menor implicación emocional posible.

La noche anterior, mientras asistían a la inauguración de una galería de arte, Ángela había notado que él se tensaba al ver a una pareja discutiendo. Ella le había apretado la mano y se habían apartado de la escena, él con expresión de asco. Ángela no había comprendido su reacción, desproporcionada para aquella pelea doméstica.

Esa preocupación por él le hacía aún más vulnerable, se reprendió. No le importaba lo que Leo sintiera, sólo que gracias a él su hermana sería feliz.

Reunió cuanta confianza pudo y se llevó una mano a la cadera.

–¿Y bien? ¿Te parece un vestido suficientemente de amante?

Vio que él apretaba la mandíbula, y se estremeció.

–No me provoques, Ángela –advirtió él.

Se la comió con la mirada hasta advertir que sus bravuconadas se desvanecían. Entonces, dijo cortante:

–Es perfecto. Justo lo que la prensa espera que te pongas. Vamos.

Capítulo 7

EN EL coche, de camino a Atenas, Leo trataba de contener su ira. Divisar los suaves muslos de Ángela por el rabillo del ojo era demasiado.

Cuando la había visto con el vestido, había querido arrancárselo y ponerle otro que la tapara de la cabeza a los pies. Sólo cuando ella le había provocado, se había dado cuenta de que ese deseo de decencia surgía de un lugar muy ambiguo.

De pronto, no le había gustado la idea de que resultara tan obvio que ella era su amante. El hecho de tener que recordarse que eso había sido justamente lo que quería lo conmocionó. Y más preocupante aún: acostarse con ella la última semana no había disminuido su efecto sobre él. Cada vez que penetraba aquel grácil cuerpo, su deseo aumentaba exponencialmente. Además, cada vez era más consciente de que Ángela llamaba mucho la atención de otros hombres, algo que ella aparentemente no advertía.

Él estaba comenzando un nuevo camino, asentándose en el hogar de su familia, por no mencionar el hecho de hacerse cargo de una empresa multimillonaria al tiempo que mantenía sus negocios en Nueva York. Tenía mil y una cosas a las que dedicar su tiempo y energía. Pero Ángela ocupaba gran parte de sus pensamientos, por lo que no podía evitar sentirse un estúpido: estaba acostándose con la enemiga, y ella estaba demostrando tener más control sobre él de lo que le gustaría admitir.

La única manera que él conocía de contrarrestar esas dudas era el control. Y lo único que deseaba controlar era a Ángela. Ordenó al chófer que subiera la barrera de privacidad y, sin decir nada, se giró hacia ella. La elevó y se la sentó a horcajadas, levantándole el vestido para que pudiera moverse con libertad. La agarró de las caderas y la acercó a su erección. Vio que ahogaba un grito, pero sus ojos no reflejaban ninguna emoción, como si se hubiera escondido en algún lugar lejano. Leo se ofendió, ¿cómo se atrevía a ocultarse?

Lo que siguió fue una batalla de egos más que una relación sexual. Con brusquedad, Leo se bajó la cremallera del pantalón, apartó las bragas de Ángela, y se sumergió en su cálida humedad.

No permitió que ella desviara la mirada. Y, cuando cerró los ojos, le urgió a abrirlos. Ángela obedeció, desafiante. Lo cual sólo aumentó la intensidad del acto. Ella sabía que Leo quería algo, pero estaba decidida a no entregárselo. Por fin llegó el momento: Leo empezó a sentir los espasmos del orgasmo de Ángela y supo que él no podría aguantar mucho más. Y así fue.

Terminado el acto, Leo apoyó su cabeza en los senos cubiertos de Ángela. Sus cuerpos seguían íntimamente unidos. Vio que ella dudaba y le acariciaba el cabello, y se dio cuenta de que él había ganado aquella ronda. Curiosamente, no se sintió victorioso.

Más tarde, estando en otro acto público, Ángela se preguntó cuánto podría aguantar aquel posar, acicalarse y mantener relaciones sociales. Estaba controlándose para no sucumbir a la tentación de estirarse el vestido hasta debajo de las rodillas. Se sentía expuesta, estaba enfadada consigo misma por haberlo elegido. Y cuando Leo había declarado que era perfecto, el enfado le había impedido cambiárselo.

En cuanto a lo que había sucedido en el coche, de camino hacia allá... Aún se avergonzaba al haber permitido que Leo le hiciera algo así. Ella se había esforzado por mantener la calma, pero había sido casi imposible.

Había aprendido la lección la mañana después de su primera noche juntos, cuando él se había mostrado tan frío. Cada noche desde entonces, Leo acudía a su cama y hacían el amor, pero al poco de terminar, él se levantaba y regresaba a su propio dormitorio. Nada de quedarse con ella un rato. Nada de palabras bonitas ni de ternura. Nada de susurros en la noche, que era lo que ella siempre había imaginado que haría con un novio.

–Estás a miles de kilómetros de aquí, Ángela.

Su mente regresó al abarrotado salón de uno de los hoteles más lujosos de Atenas. Lucy Levakis le sonreía.

–No te culpo –añadió la mujer, mirando a los dos hombres que hablaban cerca de ellas, ambos altos y llamando la atención, sobre todo de las mujeres.

Lucy suspiró indulgente.

–Aún recuerdo cómo era... ¿A quién quiero engañar? Todavía eclipsa todo lo demás.

Ángela sonrió tensa. Ari la había saludado más cálidamente esa noche, como si hubiera superado alguna prueba. Y ella se había preguntado cómo podría romper la desconfianza de Leo. Recordó que él la había sorprendido con las manos en la masa en su despacho, y reconoció que sería difícil: tendría que creer que ella tal vez fuera inocente, pero no tenía razones para hacerlo, y menos aún interés.

Ángela apartó esos pensamientos de su mente, abrumada por estar sintiéndose tan vulnerable. Se obligó a sonreír más ampliamente.

–Cualquiera diría que seguís de luna de miel, y no que regresáis a casa junto a vuestros dos retoños.

Justo entonces, una conocida fue a buscar a Lucy, y Ángela se quedó sola de nuevo. Inmediatamente, Leo se giró hacia ella y le tendió una mano. Ella la tomó, con la sensación de que algo trascendental acababa de suceder. Lo cual era ridículo. Pero se dio cuenta de que, desde aquel primer evento, Leo nunca la había dejado sola. No era lo que se dice efusivo, pero sí solícito y atento.

Encontrarse frente a él y a Ari era demasiado. Intentó ignorar su inquietud y sonrió.

Ari miró brevemente a Leo y luego a ella.

–Tengo que pedirte un favor.

Ella asintió.

–Claro, lo que sea.

–Me gustaría encargarte un conjunto de joyas para Lucy. Nuestro aniversario es dentro de un par de meses, y dado que ella ha descubierto que tú diseñaste el collar que le regalé, sé que le encantaría el juego completo. Estaba pensando en una pulsera, y tal vez unos pendientes. ¿Qué te parece?

Ángela sintió un enorme gozo. Y al instante, se entristeció al darse cuenta de que no tenía medios de llevar a cabo el encargo.

–Es un honor que me lo pidas. Me encantaría poder hacerlo, pero desgraciadamente no me encuentro en una posición de crear algo nuevo, no tengo...

–Yo me aseguraré de que tenga todo lo necesario.

Ángela miró boquiabierta a Leo.

–Fabuloso –señaló Ari–. ¿Puedes venir a mi despacho mañana por la mañana para que hablemos del diseño?

Ángela lo miró anonadada.

–Claro que sí.

Lucy regresó y recordó a Ari que habían prometido regresar pronto a casa. Mientras se marchaban, Ari guiñó discretamente un ojo a Ángela.

Cuando se quedaron solos, Ángela miró a Leo.

–No deberías haberle prometido que yo aceptaría el encargo –dijo tensa–. No sabes cuánto costará hacer lo que él desea, sobre todo cuando lo quiere tan pronto. Además, no tengo un taller para trabajar.

Leo la abrazó, y ella sintió miles de mariposas en el pecho. Aparte de sujetarla de la mano, Leo apenas la tocaba más íntimamente en público.

–La mansión tiene un montón de habitaciones vacías, y no tengo ninguna intención de negarle a mi amigo lo que desee.

¿Por qué a Ángela le dolió el corazón ante aquella generosidad de Leo hacia su amigo?

Ángela se quedó en la puerta de la habitación, en la parte trasera de la mansión, y sacudió la cabeza con ironía. Había que ver lo que conseguía una riqueza sin límites: en sólo unos días, había montado un taller con la última tecnología para fabricar joyas. Ni siquiera en la universidad había tenido acceso a un equipamiento tan bueno. Le dolía saber que, cuando llegara el momento, Leo se desembarazaría de él igual de rápido. Suspiró pesadamente.

–¿No te gusta?

Ángela se giró, llevándose la mano al pecho.

–¡Qué susto!

A pesar de eso, su traicionero cuerpo estaba respondiendo al verlo.

–Tienes cara de entierro, así que lo único que puedo deducir es que odias tu taller.

Ella negó con la cabeza, horrorizada porque él captara su torbellino interior con tanta facilidad.

–No, me encanta –aseguró, y le dio la espalda para protegerse–. Debes de haberte gastado una fortuna. Sólo espero que no te cueste mucho deshacerte de todo.

Él se quedó en silencio durante un largo rato.

–No te preocupes por eso –dijo por fin.

Algo se rompió en su interior ante las desenfadadas palabras de ella. Le parecía tan sexy con sus vaqueros y su camiseta, que sintió cierta debilidad. Se oyó decir duramente:

–No te hagas ideas equivocadas con Ari Levakis, es un hombre felizmente casado.

Ángela lo miró sin dar crédito. Al ver la nueva calidez con que Ari la trataba la otra noche, a Leo se le había encogido el estómago.

Además, ella había vuelto radiante de su reunión con Ari para discutir los nuevos diseños. Por alguna razón, Leo había decidido trabajar desde casa ese día, y había salido al vestíbulo al oírla llegar. Ella estaba tarareando, pero nada más verle, se había callado. Y lo había mirado con cautela.

Leo la había arrastrado a su estudio, donde una pasión como no había experimentado nunca le había hecho poseerla sobre su escritorio, como un adolescente lleno de hormonas.

Ella lo miró, dolida.

—Soy muy consciente de que Ari está felizmente casado, y te aseguro que él estaría tan dispuesto a fijarse en mí, como tú a creer que no intenté robarte.

A Leo se le encogió el pecho.

—Eso es imposible.

A pesar de que fue muy bajo, la oyó inspirar sorprendida.

—Exacto —fue todo lo que dijo ella, con resignación en la voz.

Casi vencida.

Más tarde, cuando regresaban de la inauguración de un nuevo restaurante, Ángela se sintió exhausta. La conversación en el taller de joyería le había afectado más de lo que le gustaría admitir. Se hallaba en un aprieto: le gustaría defenderse acerca de que no era una ladrona, pero no quería que nada impidiera la boda de Delphi. Estaba furiosa consigo misma por querer defenderse, como si Leo fuera a mostrarle otra parte de sí mismo. Ella estaba condenada por ser quien era, y punto.

Siguió a Leo escaleras arriba, con la cabeza gacha. Se tropezó con él al llegar arriba y gritó asustada al sentir que caía al vacío.

En un segundo, Leo se giró y la agarró, apretándola contra sí. La miró con el ceño fruncido.

—¿Se puede saber qué te ocurre?

Ella sacudió la cabeza. A pesar de su agotamiento, su cuerpo estaba reaccionando ardientemente.

—Nada. Sólo estoy un poco cansada.

Él se la quedó mirando y, de pronto, la soltó.

—Vete a dormir, Ángela. Tengo que llamar a Nueva York. Estaré ocupado unas dos horas.

Ángela asintió, intentando ignorar su decepción.

–Mañana estaré fuera todo el día. Mi hermana y yo vamos a comprarnos los vestidos para la boda –le informó, y añadió dudosa–: No te he dado las gracias por asegurarte de que la ceremonia de Delphi se haya organizado tan rápidamente.

El rostro de Leo se hallaba oculto entre las sombras, así que ella no pudo ver su expresión.

–Era parte de nuestro acuerdo, ¿recuerdas? –dijo él.

–Por supuesto –contestó ella, dolida.

Y sin decir nada más, se giró y se metió en su habitación.

Leo debía telefonear a Nueva York, tenía a una sala de reuniones entera esperando su llamada, pero... no lograba sacarse a Ángela de la cabeza. Ni sus ojeras de cansancio. No lograba olvidarse de los últimos días, en que todo su mundo se había puesto patas arriba. Y sólo una cosa mantenía sentido: Ángela Kassianides en su cama.

Su relación era totalmente diferente a las demás que había conocido. Ella seguía siendo un enigma. Un peligroso enigma.

No lograba dejar de pensar en la humildad con que le había dado las gracias por organizar la boda de su hermana, cuando eso había sido una herramienta de negociación para asegurarse el futuro de las dos. Algo no le cuadraba.

Ella había tenido muchas oportunidades de hablar con su padre, pero no lo había hecho. Las pocas veces que había salido, había sido a ver a su hermana. Ni siquiera se había acercado a su antigua casa. Eso indicaba que el padre no tenía nada que ver. Pero Leo sabía que no podía olvidarse del todo de sus sospechas.

Una cosa estaba clara: cuanto más tiempo pasaba con Ángela, en la cama o fuera de ella, menos lógico se volvía. Tal vez era el momento de recular y adquirir cierta perspectiva.

Por fin, se sentó al teléfono y se pasó las dos horas siguientes esforzándose por olvidar a la mujer que dormía en el piso de arriba.

Una semana después, Ángela estaba en la cama. Sola. Era tarde. Leo había telefoneado antes avisando de que debía quedarse a trabajar, y que ella cenara en casa. No era la primera noche que sucedía en la última semana y ella, más que alegrarse por el descanso, estaba nerviosa.

Leo había sido tan apasionado desde que se habían conocido, que resultaba abrumador conocer su cara más distante.

De pronto, le oyó moviéndose en su propio dormitorio. Contuvo el aliento, pero pasaron los minutos y no sucedió nada.

Ángela giró en la cama y contempló la oscuridad. Odiaba no sentir alivio porque él no entrara; odiaba que su cuerpo ardiera de deseo. Cerró los ojos, pero los abrió rápidamente ante las tórridas imágenes que acudieron a su mente. Nunca habría creído que el sexo podía ser tan... excitante. Y adictivo. Con sólo una mirada de él, ya se encendía. Eso debía de formar parte de su plan de venganza. Después de todo, él tenía mucha más experiencia.

Intentó dormir pero, como no lo conseguía, se levantó a por un vaso de agua.

Al abrir la puerta de la cocina, se encontró con Leo sentado frente a la isla, comiendo algo. La miró y ella reculó instintivamente, con la sensación de estar interrumpiendo un momento privado.

—Disculpa, no sabía que estabas despierto.

Él le hizo un gesto de que entrara.

—¿No podías dormir?

—No —respondió ella incómoda.

Se sentía cohibida con sus pantalones de pijama gastados y la fina camiseta, aunque aquel hombre conocía su cuerpo casi mejor que ella misma. Claro, que ya no parecía tan interesado en ella. Le invadió la inseguridad.

—Sólo quería un poco de agua.

Se acercó al frigorífico y sacó una botella, intentando ignorar su pulso disparado. Le espantaba la idea de que él advirtiera lo mucho que lo deseaba.

Lo observó por el rabillo del ojo: iba vestido con vaqueros y camiseta, y tenía ojeras. Algo llamó su atención y se acercó a él.

—¿Eso es mantequilla de cacahuete y mermelada?

Leo asintió y terminó de comerse su sándwich. Viendo a Ángela desconcertada, dijo secamente:

—¿Qué ocurre?

Ella sacudió la cabeza.

—Es sólo que... no habría imaginado... —dijo, sintiéndose como una idiota.

Había algo encantador en esa estampa. Sin darse cuenta de lo que hacía, Ángela se sentó en el taburete frente a él.

—¿Quieres uno? —le ofreció Leo, con una medio sonrisa.

Ella negó con la cabeza.

—Mi yaya fue quien me aficionó a esto —explicó él,

tapando los frascos–. Solía decir que esta combinación era lo único que le hacía soportable vivir en Estados Unidos. Nos colábamos en la cocina por la noche, a escondidas, y ella me preparaba los sándwiches y me hablaba de Grecia.

Ángela sintió una extraña opresión en el pecho.

–Parece que era una mujer encantadora.

–Lo era, y fuerte. Dio a luz a mi tío pequeño cuando se encontraban a un día de viaje de Ellis Island. Casi murieron ambos.

Ángela no supo qué contestar. La punzada del pecho aumentó.

–Yo también tenía una relación estrecha con mi yaya, aunque no vivía con nosotros. No se llevaba bien con mi padre, así que sólo nos visitaba de vez en cuando. Pero de pequeñas, Delphi, Damia y yo íbamos a verla tan a menudo como podíamos. Nos enseñó todo lo que sabía sobre plantas y hierbas, cocina tradicional griega... todo lo que a Irini, mi madrastra, no le interesaba.

–¿Damia? –inquirió Leo, frunciendo el ceño.

–Era la gemela de Delphi –respondió Ángela con un dolor demasiado conocido–. Murió a los quince años, en un accidente de coche bajando hacia Atenas desde las montañas. Era un poco alocada, y estaba atravesando una fase de rebeldía. Y yo no estaba aquí para...

Se detuvo. ¿Por qué estaba contándole todo eso? A él no le interesaría su historia.

–¿Por qué no estabas aquí? –preguntó él.

Parecía querer saberlo realmente, y a ella estaba resultándole fácil hablar. Decidió confiar en él.

–Mi padre me envió a un internado en el oeste de Irlanda desde los doce años hasta que acabé el cole-

gio, para que pudiera aprender sobre mi herencia irlandesa y ver a mi madre –contestó, obviando que su
padre básicamente no la quería a su lado–. Lo peor fue
separarme de las niñas y la yaya, que murió en mi primer semestre allí. Y yo estaba demasiado lejos para
llegar a tiempo al entierro.

Ángela elevó la mirada y reprimió la emoción al
pensar en que tampoco le habían permitido regresar a
casa para el entierro de Damia, de ahí el posterior
apego con Delphi.

–¿Por qué se marchó tu madre? –preguntó Leo
suavemente.

Ángela se tensó. Nunca hablaba de su madre con
nadie, ni siquiera con Delphi. Le generaba demasiadas
emociones encontradas. Pero Leo no estaba presio-
nándola, tan sólo estaban charlando por la noche. Inspiró hondo y respondió:

–Se marchó cuando yo tenía dos años. Era una hermosa modelo de Dublín, y creo que la realidad de
verse casada con un griego y llevar una tranquila vida
casera en Atenas fue demasiado para ella. Regresó a
su hogar y a su vida glamurosa. Mientras estudiaba en
el internado, la vi un par de veces, pero eso fue todo.

«Qué patético», pensó. Su propia madre no había
querido llevársela consigo. De no ser por el naci-
miento de las gemelas, y su instantáneo lazo con ellas,
no sabía cómo podría haberlo soportado.

Se hizo el silencio, y Ángela se sintió incómoda.
Acababa de contarle más de lo que nunca había com-
partido con nadie. Ella también tenía preguntas. Con
cierto temor, pero envalentonada por lo que acababan
de compartir, le planteó:

–¿Qué le sucedió a tu madre?

Leo, que acababa de guardar los tarros, se detuvo

en seco y se llevó las manos a las caderas. El ambiente se volvió gélido. Pero Ángela no iba a dejarse intimidar, sólo estaba haciéndole la misma pregunta que él le había hecho.

–¿Por qué lo preguntas?

Ángela tragó saliva.

–¿Es cierto que se suicidó?

–¿Se puede saber de dónde has sacado esa información? –preguntó él, sumamente tenso.

Tenía que decírselo, pensó Ángela, aunque sabía que eso la condenaría para siempre.

–Del testamento.

Él se quedó inmóvil, distante, como si ella no estuviera allí. Y de pronto, rió secamente.

–¿Cómo he podido olvidarlo? Sí, creo que el suicidio de mi madre aparece mencionado ahí, omitiendo los detalles más escabrosos, por supuesto.

Ángela quiso decirle que no siguiera.

–La vi. Todo el mundo cree que no lo hice, pero sí que la vi. Se colgó con una sábana de la barandilla de lo alto de la escalera.

Ella se horrorizó, pero no dijo nada.

–Mis padres se casaron por conveniencia. El único problema era que mi madre amaba a mi padre, pero él amaba más construir su negocio y recuperar nuestro hogar en Grecia, que a ella o a mí. Mi madre no soportó quedar en segundo plano, así que se volvió cada vez más manipuladora, más extrema en sus intentos de lograr su atención. Sus arrebatos sólo conseguían que mi padre se encerrara más en sí mismo. Entonces, empezó a autolesionarse y a decir que la habían atacado. Cuando eso no funcionó, dio el paso final.

Ángela estaba helada. Qué horrible haber soportado eso. Leo había visto mucho más de lo que nadie creería. Recordó su reacción de rechazo al ver discutir a la pareja en la galería de arte.

—Leo... —dijo, poniéndose en pie.

Sacudió la cabeza. ¿Qué podía decir que no sonara ridículo?

Por fin, vio que él la miraba de verdad, como regresando a la realidad, y sintió un escalofrío. Sin duda, lamentaría haberle contado aquello.

—¿Leo qué? —preguntó él, secamente.

Ángela se irguió. Sabía que él estaba dolido, pero ella no tenía la culpa.

—Todo lo que diga sonará a tópico, excepto que lamento que tuvieras que pasar por eso. Ningún niño debería presenciar algo tan horrible.

Su ausencia de dramatismo y su sincera afirmación hicieron que algo se rompiera dentro de Leo. Sintió una emoción desconocida apoderándose de él, y supo que la única manera de reprimirla sería aliviándose físicamente. Un alivio que se había negado, creyendo que recuperaba el control, cuando control era lo último que parecía poseer.

Estaba harto de negarse lo que deseaba y necesitaba. Pero no iba a permitir que Ángela supiera lo mucho que la necesitaba. Ella iba a admitir que lo deseaba.

Capítulo 8

LEO ESTABA mirándola con tanta intensidad que Ángela se estremeció. Y le oyó decir:

—No estamos aquí para contarnos nuestras vidas, por más encantador que sea. Basta de charla. Me gustaría que me enseñaras lo que has aprendido y me seduzcas.

Ángela se lo quedó mirando, dolida por la manera en que él desprestigiaba lo que acababan de compartir y se cerraba en sí mismo de nuevo. Él quería castigarla por haberle animado a hablar, pero ¿cómo iba a seducirlo si no sabía ni lo que hacía en la cama?

Entonces, él la tocó y se le olvidó todo, salvo el fuego creciendo en su interior.

—Quiero que me seduzcas —repitió él—. Eres mi amante, y eso es lo que hacen las amantes.

Ángela sintió una nueva punzada de dolor. Por un instante, se le había olvidado ese punto. Los días anteriores, cuando él no había acudido a su cama, se había inquietado. Odiaba admitirlo, especialmente cuando él estaba mostrándose tan frío, pero una parte de ella estaba encantada con la idea de tocarle como ella quisiera.

Se dijo que, recibiendo ese trato, le resultaría más fácil reprimir sus emociones... pero cruzó la mirada con la de él y vio un destello que no pudo creer: Leo parecía casi vulnerable. Eso la decidió, junto con el desafío de que él la hubiera invitado a tomar la iniciativa.

Se detuvo frente a él. Era tan alto y corpulento que no podía ver nada más. Elevó la cabeza y vio que él la miraba con los ojos entrecerrados. Ángela observó los destellos dorados en sus ojos, y eso la reconfortó. Posó las manos en el pecho de él y comenzó a moverlas hasta llegar a su cuello. Intentó hacerle agachar la cabeza para poder besarlo, pero él no iba a ponérselo fácil. Maldijo en voz baja y su determinación aumentó.

Lo sentó en un taburete y le pareció ver un brillo en su mirada. Le hizo separar las piernas y se colocó entre ellas. Se fijó en la cicatriz sobre su boca. La recorrió con un dedo y luego la besó.

Él seguía inmóvil y desapasionado. Por un instante, la inseguridad se apoderó de Ángela al pensar en todas las mujeres con las que él había estado, que sin duda sabían cómo hacerle perder el control.

Se detuvo, sintiéndose una estúpida, y agachó la cabeza.

—Leo, no creo que pueda...

—Continúa —ordenó él con voz ronca.

Lo miró: sus ojos eran puro fuego dorado. Se le aceleró el corazón. Posó las manos en sus muslos y fue moviéndolas hasta acercarlas a sus genitales. Se los acarició, mirándolo a los ojos. Eufórica, sintió su creciente erección y su mirada ardiente. Él se movió levemente, y Ángela se apartó.

—Prohibido tocar —le advirtió.

Lo vio apretar la mandíbula y asentir. Entonces, ella volvió a colocar su mano sobre él, con un cosquilleo por todo el cuerpo. Con la otra mano, lo tomó del cuello y lo besó. Al principio, él no respondió; Ángela casi gritó de frustración, sentía como si ella fuera la que iba a explotar, en lugar de él. Sus senos, apretados contra aquel pecho fuerte, estaban tan erectos que casi le dolían. Se restregó contra él.

Tenía que conseguir que él la besara. Con la lengua, fue recorriendo suavemente sus labios, mordisqueándolos y besándolos después. Leo los entreabrió ligeramente, y ella aprovechó para introducir su lengua y moverla, logrando que reaccionara.

Estaba en peligro de dejarse embargar por un placer familiar, hasta que se dio cuenta de que él estaba conteniéndose, y un hilo de sudor le corría por la frente. Eso le ayudó a recuperar la cordura. Se echó hacia atrás, le tendió una mano y lo condujo silenciosamente escaleras arriba.

Resultaba increíblemente intimidante y excitante al mismo tiempo tener a Leo callado y pasivo. Una vez en el dormitorio de él, le quitó la camiseta y lo sentó al borde de la cama. Luego, dio unos pasos atrás, nerviosa de nuevo. Se soltó el cabello, que le cayó sobre los hombros. Luego, empezó a levantarse su fina camiseta intentando resultar erótica.

Leo apretó la mandíbula y el deseo oscureció su mirada. Se recostó en la cama de forma sexy, sin proponérselo.

Ángela detuvo la mirada en sus genitales, recreándose en el apreciado bulto. Inspiró hondo y se quitó la camiseta del todo, lanzándola al suelo. Intentó no sentir vergüenza, al ver sus pezones apuntando a Leo.

Seguidamente, se soltó el nudo de los pantalones del pijama, se los bajó a la altura de las caderas y, meneándolas suavemente, hizo que cayeran hasta el suelo. Se los terminó de quitar y, sólo cubierta por sus diminutas bragas, se colocó frente a él. No veía nada más que aquel pirata, inspeccionándola para su deleite.

Se acercó a él y se metió entre sus piernas. Le desabrochó el botón del pantalón y bajó lentamente la cremallera. Le rozó la erección con los nudillos y lo vio contenerse con una mueca.

Lo animó a que elevara las caderas para poder bajarle los pantalones y, cuando sus excitados senos rozaron el vientre de él, casi gimió a gritos, antes de ponerse de rodillas y quitárselos del todo. Con manos temblorosas, los tiró detrás de él. Luego, agarró sus calzoncillos. Leo tenía el rostro tenso y le brillaban los ojos. Ángela no supo cómo era capaz de seguir.

Le bajó los calzoncillos, liberándolo de su confinamiento. Y luego, con el corazón disparado, lo miró a los ojos y lo agarró íntimamente con una mano, deslizándola lentamente arriba y abajo, y sintiendo que él se endurecía aún más.

Instintivamente, deseando saborearlo, se inclinó hacia adelante. Pero él la detuvo.

–Ángela, no tienes que...

–Nada de hablar –le interrumpió ella suavemente.

Leo no podía creerlo, Ángela estaba acogiéndolo en su boca, rodeándolo con un calor dulce y húmedo. Acariciándolo con un erotismo tan inocente, que él sabía que no podría aguantar mucho: se sentía a punto de explotar desde que ella lo había rozado con los nudillos en el piso de abajo. Más tarde, cuando ella había empezado a desvestirlo, tras haber hecho su striptease, había temido tocarla, por si la asustaba con la fuerza de la pasión que lo dominaba. Ella lo había llevado casi al límite, y no podría contenerse mucho más.

La sujetó de las caderas.

–Suficiente –gruñó–. Ya estoy seducido.

Con movimientos precisos, le quitó las bragas. Rápidamente, la tumbó boca arriba y se colocó un preservativo. Le hizo entreabrir las piernas con una mano, y le acarició los muslos, deteniéndose en el lugar donde se acumulaba su máximo placer. La vio retorcerse, de lo excitada que estaba. Leo la penetró y empezó a moverse más rápido y más fuerte, agarrándola por los glúteos y elevándola hacia él. Ángela le rodeó la espalda con una pierna y se sujetó firmemente. No podía respirar, ni pensar, sólo podía moverse en tándem con él, hasta que todo lo demás desapareció.

A la mañana siguiente, Ángela se despertó sintiéndose plena a un nivel muy profundo, y también agotada.

Oyó un sonido apagado y, al abrir un ojo, vio a Leo frente al espejo de su armario, anudándose la corbata. Era la misma imagen que aquella fatídica mañana, y ella se despertó al instante y se tapó con una sábana. Era la primera vez que se despertaba en la cama de él.

Vio que él la miraba, y se puso tensa.

–Aún estás aquí. Y yo estoy en tu cama –dijo.

Leo sonrió burlón y se concentró en su corbata.

–Eres muy buena advirtiendo lo evidente.

Ángela se mordió un labio mientras recordaba la noche anterior: la conflagración que los había envuelto, y cómo había terminado.

–¿Alguna vez te despiertas junto a la mujer con la que te has acostado? –se oyó decir, como si no fuera ella quien hablara.

Vio que él detenía sus manos y el brillo cálido de su mirada se enfriaba rápidamente.

Leo intentó no mirarla, no lo necesitaba. Tenía su imagen grabada en la retina: tumbada a pocos metros de él, en un esplendor tan sexy que llamaba la atención. Pero su pregunta era muy impertinente. Le contestaría con un rotundo no, porque despertarse junto a una mujer era algo impensable para él. Implicaba un nivel de confianza que él, simplemente, no poseía. Para él, la confianza significaba emoción, y la emoción significaba inestabilidad, temor y, en el fondo, muerte. Su primer rol femenino, su madre, había sido peligrosamente inestable. A Ángela sólo le había contado una parte... ¿y por qué diantres le había dicho nada?

Estaba furioso. Se había despertado abrazado a ella, que reposaba confiada sobre él.

Ángela sabía que Leo no iba a responder. No podía creer que le hubiera hecho esa pregunta. Se cubrió con la sábana mientras reunía su ropa tirada por el suelo, ruborizándose al recordar cómo se la había quitado él.

Se encontraba casi en la puerta cuando Leo le habló:

–Esta noche salimos. Llegaré a casa sobre las ocho.

Ángela se detuvo y asintió, dándole la espalda. No podría soportar ver de nuevo su fría mirada a través del espejo. Se metió en su habitación y cerró la puerta tras ella.

De nuevo en el punto de partida. De nuevo, puesta en su lugar. Sólo quedaba una semana para la boda de Delphi. Tal vez entonces Leo considerara terminado su suplicio y la dejara marchar. Reemplazaría la hermosa ropa del vestidor por otra para una nueva amante. Una que no acarreara extraños lazos y venganza.

Ángela se metió en el baño y se dio una ducha bien

caliente. Por lo menos, aparte de la boda de Delphi había otra cosa que le hacía ilusión: el encargo de joyería de Lucy y Ari Levakis. Saber que empezaría ese mismo día le ayudó a limpiar su mente de pensamientos demasiado perturbadores, como lo descolocada que se había quedado al ver una cara totalmente diferente de Leo la noche anterior.

Amaneció el día de la boda de Delphi, con Ángela arreglándose en la mansión. Delphi y ella habían decidido que sería mejor evitar a su padre a toda costa. Al menos, en la iglesia él se comportaría, sabiendo que sus colegas estarían pendientes de todos sus movimientos. Leo había ido a su oficina y acudiría a la iglesia por su cuenta, dado que ella estaría pendiente de Delphi.

Ángela no cabía en sí de gozo. Por fin. Aquélla era la culminación de lo que había acordado con Leo hacía un mes: convertirse en su amante a cambio de que se realizara la boda. ¿Y por qué se sentía tan inquieta? Debía confesar que no estaba preparada para que todo terminara, por masoquista que pareciera. Aquello supondría la venganza final de Leo: darle a probar el paraíso, y luego deshacerse de ella.

El paraíso al que ella se refería no tenía nada que ver con los lujos que sin duda él creía que le gustaban: era el paraíso de convertirse en una mujer, de descubrir su sensualidad. Un paraíso de unas relaciones sexuales tan maravillosas que ella sabía que ningún otro hombre podría igualar.

Se contempló en el espejo: grandes ojos azules, mejillas ruborizadas. Desde la noche en la cocina hacía casi una semana, le habían surgido sentimientos encontrados. Intentaba convencerse de que lo que sentía se parecía a una víctima que se enamoraba de su secuestrador. Frunció el ceño. Había un nombre para eso... «Sí: amor», le dijo una burlona voz en su interior.

Ángela palideció. ¿Cómo podía haberse enamorado de Leo Parnassus, cuando él sólo se había mostrado frío y calculador con ella? Había tenido toda la razón al creer que ella había ido a robarle, y a pesar de eso había cumplido admirablemente su parte del trato: en unos minutos, un coche la llevaría a la iglesia donde su hermana embarazada iba a casarse con su amor de toda la vida, y todo se arreglaría para ellos.

Eso era lo único que importaba, ¿no? Incluso sin los obstáculos entre ambos, Leo y ella no tenían futuro. Ese hombre no estaba acostumbrado a compartir noche con una mujer, como para compartir su vida...

Oyó un ruido en la puerta y se sorprendió al ver a Leo: estaba despampanante con un traje gris perla, camisa blanca y corbata.

A Ángela se le aceleró el corazón, y empezaron a sudarle las manos.

–¿Qué haces aquí?

–Veo que te alegras de verme –se burló él–. Debo sorprenderte más a menudo.

Ella se sonrojó. Después de lo que acababa de pensar... Se le detuvo el corazón. Tal vez él estaba allí para decirle...

–Se me ha ocurrido venir a buscarte yo mismo, eso es todo. Será mejor que te pongas en marcha.

Ángela salió de su ensimismamiento y se miró en el espejo, le ardían las mejillas. Agarró su chal y salió tambaleándose sobre sus altísimos tacones, confiando en que Leo no hubiera advertido ninguna de sus emociones antes de que pudiera esconderlas.

Afortunadamente, Ángela se las ingenió para mantenerse lejos de su padre durante la ceremonia, pero sentía su malévola mirada cada cierto tiempo. También evitó la mirada de Leo, aterrada de que pudiera descubrir sus sentimientos. Estaba muy emocionada con la boda y, dado que a ella no le entusiasmaba el matrimonio, le asustaba esa reacción.

Antes de la ceremonia, Stavros la había llevado a un lado y le había agradecido enormemente haber hecho posible que su boda se celebrara, sobre todo antes de que el embarazo fuera evidente. Esas palabras y el rostro radiante de Delphi hicieron que todo valiera la pena.

Leo la esperaba a la entrada de la iglesia para llevarla al banquete. Todo el mundo estaba allí. Ángela se dio cuenta de que las cosas habían cambiado sutilmente desde que estaba con Leo. Las miradas de reojo y los susurros habían disminuido, y ya casi nunca ocupaban titulares del periódico. La gente parecía haberse acostumbrado a verlos juntos...

—¿Bailas?

Ángela despertó de sus preocupaciones, se puso en pie y dejó que él la condujera a la pista, donde Delphi y Stavros acababan de abrir el baile entre aplausos.

Sonó una canción lenta y Leo la apretó contra sí. Ángela intentó separarse, pero él la sujetaba con brazo de acero. Por fin, se dio por vencida y se balanceó a su ritmo, apoyando la cabeza en su hombro.

—Tu hermana no es como yo esperaba.

Ángela se tensó, pero la mano de él en su espalda, moviéndose en sensuales círculos, la obligó a relajarse

de nuevo. Miró a Leo, demasiado cerca para su como-
didad.

–¿A qué te refieres?

Él se encogió levemente de un hombro. Se había
quitado la chaqueta y la corbata, y su camisa abierta
revelaba su garganta fuerte y bronceada.

–Parece... dulce –dijo con una mueca de disgusto–.
Si no supiera la verdad, diría que Stavros y ella están
realmente enamorados.

Ángela se tensó de nuevo, e intentó separarse, pero
él no se lo permitió.

–Están realmente enamorados –susurró ella feroz-
mente–. Llevan juntos desde pequeños.

–Que monada –dijo él, nada impresionado.

–Necesitaban casarse así de rápido porque Delphi
está embarazada de casi cuatro meses. La familia de
Stavros nunca le habría permitido casarse con una
Kassianides. Él quería que se fugaran, pero ella no
pensaba permitírselo.

Vio que él enarcaba una ceja. Dudó, pero había llegado demasiado lejos para detenerse.

–La familia de él lo habría desheredado –explicó
y, al ver el brillo cínico en la mirada de él, se le encendieron las mejillas–. No es lo que crees. A Delphi
le da igual si Stavros se queda sin herencia, pero como
él quiere ingresar en política, no le conviene enfrentarse a su familia.

–Digas lo que digas, ahora ella, y tú por consi-
guiente, estaréis bien, seguras gracias a la riqueza de
su esposo.

Ángela consiguió soltarse por fin, molesta por lo
mucho que le dolía aquel cinismo.

–Cree lo que quieras, Leo. Alguien como tú nunca
conocerá este tipo de amor, puro.

Y, antes de que pudiera sujetarla, se dio media vuelta y se marchó por entre las parejas de la pista de baile, camino del vestíbulo. Leo se pasó la mano por el cabello, furioso a más no poder, y se dirigió al bar.

De camino, vio a los recién casados: estaban sentados en una esquina aparte de todo el mundo, y sonreían, compartiendo una mirada tan intensa que Leo casi se tropezó. La estampa no se parecía en nada a lo que él acababa de describir. Se sintió culpable, como si hubiera empañado algo.

¿Cómo habrían vivido la pérdida de su hermana, la gemela de Delphi? En aquel momento, vio que Lucy y Ari Levakis se aproximaban hacia él con una sonrisa, y por una vez agradeció la distracción. Ver a la familia de Ángela estaba despertándole demasiadas contradicciones.

Cuando Ángela se sintió suficientemente recuperada, regresó al salón de baile y se sorprendió al ver a Leo bailando una danza tradicional griega con el resto de los hombres. Todavía estaba furiosa con él, pero se derritió por dentro cuando vio su amplia sonrisa. Resultaba tan sensual... De pronto, sintió que alguien la agarraba del brazo dolorosamente y ahogó un grito. Era su padre.

–Necesitamos tener una conversación. Te he echado de menos, hija, y tú has estado muy ocupada desde la última vez que te vi.

Los vapores del alcohol la rodearon y sintió náuseas. Intentó soltarse, pero su padre no la dejó.

–No tenemos nada de qué hablar. De ninguna manera iba a permitirte que te quedaras con el testamento robado de ese hombre.

Su padre la miró con desprecio.

—Así que fuiste corriendo a tu amante y se lo devolviste. No creas que esto va a quedar así, Ángela, aún no he terminado con...

Justo entonces, Delphi apareció a su lado y se la llevó. Ángela la miró aliviada mientras se alejaban de su padre borracho, que las fulminó con la mirada. Ya que Delphi viviría con Stavros, Ángela no tendría que volver a ver a su padre. Sintió un enorme alivio y la besó con ímpetu.

Era el turno de las mujeres, y los hombres se sentaron y las observaron bailar. Ángela se había quitado los zapatos, y reía al chocarse con Delphi. Su mirada se cruzó con la de Leo, a un lado de la sala, y ya no pudo apartarla, conforme bailaba los pasos que sabía desde siempre. Fue como un ritual de apareamiento ancestral. Cuando la canción acabó, Delphi le dijo al oído:

—Si esa mirada quiere decir algo, Leo va a querer marcharse cuanto antes contigo...

Su hermana partía de luna de miel al día siguiente, así que no la vería en unas cuantas semanas. Iba a echarla de menos, después de haberla cuidado durante tanto tiempo. Además, sintió lástima de sí misma: su madre la había abandonado siendo un bebé; cosa que su padre siempre le había echado en cara, y cualquier día Leo le diría que había tenido suficiente. Se sentía como un desecho a punto de verse arrastrado por una nueva corriente.

Sin embargo, Leo la esperaba, con la chaqueta en la mano.

—¿Nos vamos?

Ella asintió, agotada de pronto. No quería volver a encontrarse con su padre, así que se puso los zapatos, y permitió que Leo la tomara de la mano y la sacara de allí.

Dos días después de la boda, Leo regresó a su mansión y, tras dejar el portafolios en su estudio, se dirigió al taller de Ángela. Estaba deseando verla. El día anterior había regresado antes y la había contemplado un largo rato antes de que ella advirtiera su presencia.

De nuevo, había reaccionado a ella sin poder controlarlo, devorando con los ojos su delgada figura, con camiseta blanca y un mono muy gastado enrollado por la cintura. Concentrada en su tarea, con el pelo en un moño alto y unas enormes gafas protectoras, ella no debería haber resultado tan atractiva, pero lo era.

Perder tanto el control le hacía sentirse vulnerable. Le invadían sentimientos encontrados. La había visto hablando con su padre en la boda, parecía una conversación muy intensa. Tal vez ambos sabían que era su única oportunidad de hablar. Pero luego había visto las miradas y sonrisas de complicidad entre Ángela y su hermana. Por más que había revisado su opinión acerca de qué las había motivado a la boda, de pronto dudó de sí mismo de nuevo.

Pero él la había sorprendido robando, un detalle que últimamente se le olvidaba demasiado. Algo se endureció en su interior.

Justo entonces, Calista, la doncella, salió de una habitación.

—¿Ha visto a Ángela? —le preguntó, preocupada.

Leo negó con la cabeza.

—Aún no.

–Está en la cocina –informó ella, y se marchó apresuradamente.

Leo se la quedó mirando. ¿Qué sucedía? ¿Y qué hacía Ángela en la cocina? Se encaminó allí, con creciente irritación. Las dudas que habían empezado a asaltarlo eran cada vez más fuertes. Tal vez había sido un estúpido mayor de lo que creía.

Se detuvo en la puerta de la cocina al ver a Ángela junto a la encimera del fregadero. Se encontraba de espaldas a él, y parecía muy frágil. Llevaba una camiseta y unos pantalones de deporte. Leo miró su reloj. Tenían que acudir al estreno de una película en menos de una hora, y ella no estaba arreglándose.

Entró y vio que ella se tensaba. Tenía el pelo suelto, y no se giró hacia él. Estaba preparando albóndigas. Algo tan casero le irritó.

–Esta noche salimos.

–Si no te importa, me gustaría quedarme en casa hoy. Estoy cansada. Pero sal tú –dijo ella con voz apagada.

Resultaba tan vulnerable, que Leo sintió que el pecho se le endurecía. Si creía que podía empezar a jugar con él...

–Ángela, tenemos un acuerdo. Sólo porque tu hermana haya conseguido la boda que quería, no significa que tu trabajo como amante mía haya terminado.

Ella dio un respingo, como si la hubiera golpeado. Le miró sin realmente verlo.

–Sólo será esta noche. Estoy muy cansada.

Algo en su tensión llamó la atención de Leo. Algo no iba bien. Instintivamente, la agarró del brazo y la notó tan tensa que frunció el ceño.

–¿Se puede saber qué te ocurre?

Ella estaba de frente a él, pero tenía la mirada clavada en el suelo y el cabello le ocultaba el rostro. Leo le hizo elevar la barbilla y, por un segundo, no pudo creer lo que veía. Algo primigenio explotó dentro de él.

—¿Qué demonios es eso?

Capítulo 9

ANGELA sintió que Leo le hacía elevar la barbilla, y cerró los ojos. Hubiera querido que él no la viera así, que simplemente saliera solo esa noche. Pero él no lo había hecho. Y estaba observando su mandíbula hinchada, cubierta por un impresionante moretón.

Intentó soltarse, pero él no cedió y le apartó el cabello del rostro.

–¿Te has puesto hielo?

Ella lo miró a los ojos por primera vez.

–Me dolerá.

–Sólo los primeros segundos –aseguró él, y le tanteó la herida con mucho cuidado.

Al verla hacer una mueca de dolor y contener el aliento, maldijo en voz baja.

–No parece rota, pero deberíamos ir al hospital.

–Nada de hospital, sólo está hinchada.

Le sostuvo la mirada hasta que no pudo soportarlo más. Una honda emoción empezaba a embargarla y no sabía si podría contenerla. Él la hizo sentarse en un taburete. Luego, sacó hielo de la nevera y lo envolvió en un trapo. Se lo acercó suavemente a la mandíbula, y la tranquilizó cuando ella quiso apartarse instintivamente. El dolor casi le hizo desmayarse, pero pronto el frío le adormeció la zona.

Para vergüenza suya, lágrimas de rabia bañaron sus mejillas.

–Lo siento, yo sólo...

El shock empezaba a afectarle: lo había contenido desde que había sucedido. Empezaron a castañetearle los dientes, los brazos le temblaban sin control. Leo dijo algo, seguramente a Calista. La mujer había querido telefonearlo antes, pero Ángela no se lo había permitido.

Al instante, Calista regresó con una copa de brandy. Leo le dijo que se marchara e hizo que Ángela diera un sorbo a la copa, mientras le enjugaba dulcemente las lágrimas.

Una vez que el alcohol hizo efecto, Leo condujo a Ángela fuera de la cocina. De camino, ordenó a Calista que avisara a su asistente de que estaría ocupado toda la noche

Estaba llevando a Ángela al salón, cuando ella empezó a protestar.

–No, deberías salir. Tienes ese estreno...

Él le hizo sentarse y la miró fijamente.

–¿De veras crees que voy a quedarme dos horas viendo una estúpida película mientras tú estás aquí así?

Le quitó el hielo e inspeccionó la mandíbula de nuevo.

–¿Vas a decirme quién te ha golpeado? –inquirió, fulminándola con la mirada.

Ángela dudó. No podía mentir, Calista sabía quién había sido.

–Ni se te ocurra intentar defender a quien ha hecho esto.

La vio palidecer y maldijo de nuevo. Le acercó la copa de nuevo. Tras un largo silencio, enarcó una ceja. No se detendría hasta que ella hablara.

—Mi padre ha venido a verme hoy —confesó ella agachando la cabeza, avergonzada de su progenitor.

Suavemente, él le hizo elevar la cabeza de nuevo.

—¿Tu padre te ha hecho esto?

Ella asintió.

—Estaba borracho. Ha venido a decirme que he deshonrado a nuestra familia. Normalmente puedo esquivarlo, pero... hoy me ha pillado desprevenida. No he sido suficientemente rápida. No esperaba que viniera aquí.

Leo hervía de ira.

—¿Ha hecho esto antes?

Ella asintió, cada vez más avergonzada. Se sentía muy débil.

—Aunque nunca hasta este punto. Siempre me ha odiado por recordarle la humillación de que mi madre lo abandonara... a él y a nosotras. Aprendí a esquivarlo. Pero hoy...

No iba a explicar que estaba defendiendo a Leo cuando su padre la había golpeado tan salvajemente.

Muchas piezas empezaban a encajar en la mente de Leo: lo que había visto en la boda, el hecho de que ella hubiera sido enviada a un internado remoto...

—Por eso no has ido a tu casa ni una vez desde que llegaste aquí.

Ella asintió lentamente. Leo sintió un peso terrible en el pecho.

—Él no te envió aquí, ¿verdad? Ni la noche de la fiesta, ni cuando te encontré en el estudio.

Ángela negó con la cabeza. El corazón le latía con tanta fuerza que creía que iba a desmayarse.

—Entonces, ¿qué hacías aquí esa noche?

—La noche de la fiesta sucedió lo que te conté: no sabía adónde nos dirigíamos, y luego fue demasiado tarde. Intenté quedarme en la cocina, pero mi jefe me envió arriba –explicó Ángela, y se ruborizó–. De verdad no sabía quién eras. Había evitado leer cualquier noticia relacionada con el regreso de tu familia. Estaba demasiado avergonzada.

Se detuvo. No podía creer que él la estuviera escuchando. Ojalá la creyera.

–Y la noche del estudio... no estaba robando el testamento: intentaba devolverlo.

Leo frunció el ceño.

–¿Cómo?

–La noche anterior, al regresar a casa, había encontrado a mi padre alardeando de tenerlo. Así conocí lo de tu madre. Él había enviado a alguno de sus secuaces a robarlo. Para serte sincera, no sé cómo lo hizo, o si lo sacó de la mansión. Sólo supuse... Y, cuando pude, se lo quité y lo traje aquí, pensando que podría dejarlo en un cajón o algo así –confesó ella, y desvió la mirada–. Me sentía fatal por tu familia, por lo que habíais sufrido, y no quería que él causara más problemas. Pero entonces apareciste tú...

–Y el resto es historia –terminó Leo sin pizca de humor.

Ángela nunca lo había visto tan sombrío. El corazón le dio un vuelco.

–Ángela, lo...

–Sé exactamente lo que parecía –le interrumpió ella–. Yo no me habría creído a mí misma. Por eso nunca intenté defenderme, sabía que no tenía sentido. Toda la situación me condenaba.

–No –dijo él, apretando la mandíbula–. Tu padre ha tenido que golpearte para que yo me diera cuenta de la verdad.

Ángela sacudió la cabeza.

–Leo, no digas eso. Esto me lo he ganado yo sola.

Él respondió con fiereza.

–Esto no puede justificarse nunca, Ángela. Si hubiera imaginado por un segundo que tu padre era capaz de algo así... –dijo, estremeciéndose de rabia.

Le tocó suavemente la mandíbula.

–Debes de estar exhausta –añadió con voz ronca.

Ángela asintió.

–Un poco.

Pero al pensar en irse a dormir, las imágenes se agolparon en su mente: el rostro furioso de su padre, el puñetazo que la había dejado inconsciente unos instantes, y al despertar verlo rebuscando en los cajones. Afortunadamente, Calista había llamado al guarda de la puerta, que había acompañado a su padre fuera de la propiedad, no sin antes haberle registrado los bolsillos, a petición de la propia Ángela. Menos mal que no había encontrado nada digno de robar.

–No quiero ir a la cama –protestó, con más fiereza de la que pretendía, y vio que él hacía una mueca de dolor.

–No creerías que iba a pedirte...

Ella lo agarró de las manos, emocionada.

–No me refiero a eso. Lo que no quiero es irme a dormir, al menos todavía no. No quiero pensar en lo sucedido.

Leo asintió. A los pocos minutos, Ángela estaba sentada en un cómodo sillón frente al televisor, tapada con una manta, mientras Leo iba a por algo de comida a la cocina. Al regresar, estuvo todo el rato pendiente de ella, e hizo que se tomara algo de sopa, ya que no podía masticar.

Ángela sintió que una delicada cadena de plata los conectaba, y se agarró a ella con todas sus fuerzas.

Leo encendió la televisión, consciente de que ella necesitaba evadirse. Y así fue: Ángela se dejó atontar por la película, mientras se recreaba en el abrazo protector de él.

Leo contempló la cabeza de ella apoyada contra su pecho, la mano posada con confianza sobre él. Su cabeza hervía de preguntas, de recriminaciones, sustentadas por una rabia primigenia. Quería salir en busca de Tito Kassianides y darle una paliza... Se obligó a tranquilizarse.

De pronto, en la línea de sus anteriores sospechas, una burlona voz lo asaltó. ¿Y si todo aquello estaba preparado? ¿Y si era parte de un plan para despertar su simpatía y su confianza en ella? Sintió náuseas: eso no podía ser. Ella había sido virgen. Todavía se enorgullecía de saber que había sido su único amante.

Demasiadas cosas habían cobrado sentido cuando Ángela lo había explicado todo. Estaba disgustado consigo mismo: ¿tan cínico se había vuelto en su niñez, que había creído que Ángela llegaría a aquellos extremos para manipularlo?

Sombrío, apagó el televisor y se levantó del sofá con Ángela en brazos. La llevó a su cama y, tras acomodarla en ella, se desvistió y se acostó a su lado, abrazándola.

Ángela se despertó cuando comenzaba a amanecer. Detectó que estaba en la cama de Leo, en bragas y camiseta. Se excitó. Estaba tumbada de lado, y él la abrazaba por detrás, con la mano muy cerca de uno de sus senos. Estaba desnudo. A pesar de las magulladuras, su cuerpo empezó a reaccionar.

Temió que él se despertara y la encontrara aún en su cama, e hizo ademán de levantarse.

–Quédate donde estás –murmuró él.

Ella dejó de moverse, pero no podía volverse a dormir, sobre todo sintiendo cómo se endurecía él, dándole ganas de provocarlo rozándole sus glúteos. Se le aceleró la respiración. Elevó la cabeza un instante, y contuvo el aliento ante la punzada de dolor de la mandíbula, recordatorio de la tarde anterior.

Leo se colocó sobre ella e inspeccionó el golpe. Maldijo en voz baja. Ángela hizo una mueca de dolor. Sentía como si tuviera una pelota de fútbol en la mandíbula.

–¿Tan mal aspecto tiene?

–Es de un glorioso color púrpura azulado, y tan grande como mi puño –dijo él irónico, y se puso serio–. Hoy vamos a ir al hospital, Ángela, me da igual lo que digas.

Ella supo que no había discusión. Se quedó tumbada, sintiendo que el corazón se le hinchaba. Sin la barrera de la desconfianza entre ellos, se dio cuenta de que lo amaba. Sin pensarlo, le acarició la cicatriz de encima de la boca.

–¿Cómo te la hiciste?

Leo le agarró el dedo y lo besó.

–Me gustaría decir que fue defendiendo a un niño más pequeño de unos matones... pero en realidad me caí aprendiendo a montar en bici cuando tenía tres años.

Ángela sintió que lo amaba un poco más. Habría sonreído si no le doliera.

Leo estaba abrazándola de nuevo.

–Vuelve a dormir, lo necesitas.

–De acuerdo –dijo ella, adormilándose–. Pero despiértame y regresaré a mi cama al instante.

No vio el dolor que atravesó el rostro de él.

Leo se quedó despierto, contemplando el amanecer, durante un largo rato.

Dos semanas más tarde, Ángela contempló el conjunto de joyería para Ari y Lucy. Movió la mandíbula con cuidado y se la tocó suavemente. La hinchazón había desaparecido, y del moretón sólo quedaba una débil mancha amarilla que podía disimularse con maquillaje.

Leo la había llevado a una clínica privada el día después del episodio, y habían desestimado que hubiera fractura; sólo era un enorme moretón. Desde aquella noche, Leo había sido increíblemente atento, renunciando a sus compromisos sociales para quedarse en casa con ella, a pesar de sus protestas. Habían pasado de salir prácticamente todas las noches, a cenar en casa. Una noche incluso, Leo la había sorprendido prescindiendo de Calista y sirviéndole una cena cocinada por él mismo. Él no estaba haciendo nada por evitar que cada día se enamorara más, y sabía que no le haría gracia.

Claramente, se sentía culpable por haberla juzgado. Había insistido en que durmieran juntos cada noche, pero se había cuidado de no tocarla. La noche anterior, ella se había girado hacia él, en la cama, presa de la frustración. Sabía que Leo estaba erecto, lo sentía cada noche, pero se excusaba tratándola como si fuera de porcelana y pudiera romperse.

Ella lo había agarrado íntimamente.

–Ya estoy mejor, Leo, por favor...

Le avergonzaba pensar en lo ardientemente que había respondido cuando él por fin había gemido, le había quitado las bragas, y se la había colocado a horcajadas. Ella había sentido como si hubiera estado en el desierto un mes sin agua. Pero había sido ella quien lo había iniciado, no Leo.

Sacudió la cabeza y dio un respingo alarmada cuando oyó un ruido en la puerta. Miró, y vio a Leo apoyado tranquilamente. Se le aceleró el pulso, como siempre, y le sonrió tímidamente.

—Hola.

Lo vio sonreír y pensó en lo diferente que resultaba entonces del duro magnate... y del hombre que la había chantajeado fríamente.

Él se acercó y contempló las joyas. Ángela observó nerviosa cómo las daba vueltas, mirándolas desde todos los ángulos.

—Eres muy buena, ¿lo sabías? —afirmó él, dejando las joyas sobre la mesa de nuevo.

Ella se encogió de hombros, avergonzada.

—Es lo que más me gusta hacer, así que, si puedo ganarme la vida con ello, seré feliz.

Leo tanteó la mandíbula herida con un dedo.

—Casi está curada.

Ángela asintió.

—Para mañana por la noche, cuando cenemos con Ari y Lucy, puedo maquillármelo.

Lo vio asentir y marcharse, aunque por un segundo habría jurado que él quería decir algo. Lo olvidó cuando se sentaron a cenar, después de lo cual él se fue a trabajar a su estudio, y ella regresó a su taller para los últimos retoques a las joyas de Lucy. Al día siguiente iría a la ciudad a comprar unas cajas donde guardarlas.

Al día siguiente, Leo se hallaba de pie frente al ventanal de su despacho de Atenas. Miraba, pero en realidad no veía nada. Sólo podía pensar en una cosa: Ángela. Ella estaba poniendo su mundo patas arriba. Para alguien que salía corriendo sólo con pensar en despertarse junto a una mujer, ya no podía relajarse hasta asegurarse de que ella sería lo primero que vería por la mañana.

Aún se sentía culpable por cómo su comportamiento la había puesto en peligro. A pesar de todo, ella le había rogado que no le hiciera nada a su padre, porque eso sólo avivaría los enfrentamientos. La mejor venganza era ignorar a Tito, aunque le resultara difícil.

Los días después de la agresión, a él no le había sido difícil contenerse de tocarla a nivel sexual. Su preocupación había superado a su deseo, y además había sentido algo más perturbador: que el amor con Ángela le aportaba algo mucho más ambiguo que la venganza. Algo que le colocaba lazos de seda alrededor del cuello. Y esos lazos le recordaban un tiempo en que había jurado que no permitiría que nadie se le acercara tanto como para despertar esos sentimientos.

Sacudió la cabeza. Odiaba ser introspectivo, así que cuando una llamada a la puerta interrumpió sus pensamientos, lo agradeció.

—Adelante.

—Ari Levakis ha venido a verle —anunció su asistente.

—Gracias, Thalia, hazlo pasar.

Sonrió al ver entrar a Ari, y lo saludó calurosamente. Tras una hora hablando de negocios, Ari se recostó en su asiento con una taza de café y miró a Leo. Extrañamente, Leo sintió que se le erizaba el vello.

—Ayer hablé con Ángela. Dice que tendrá las joyas listas para esta noche cuando vengáis a cenar. Espero que no la hayas presionado mucho para que las hiciera

–comentó Ari, y frunció el ceño–. Últimamente no os hemos visto a ninguno de los dos.

Leo esbozó una sonrisa tensa y luchó contra la imagen de regresar a casa cada tarde y encontrarse a Ángela inmersa en su tarea, cubierta en el fino polvo de los metales y piedras preciosas con los que estaba trabajando, vestida con camisetas y monos desgastados, lo cual siempre lo excitaba sobremanera.

Se dio cuenta de que, ensimismado, aún no había contestado a Ari. Se ruborizó y habló secamente.

–En absoluto, ambos hemos disfrutado de un descanso de la vida social. Ha estado trabajando duro, pero ha disfrutado haciéndolo.

Eso era cierto. Varias noches, se había olvidado de él, hasta que le había quitado los auriculares de su MP3. Entonces ella se había girado hacia él y le había sonreído...

–Cuando oí que estabas viéndote con ella tuve mis dudas. Después de todo, ella es quien es, y había aparecido de pronto en casa de tu padre.

Leo le miró, y algo debió de reflejar su rostro, porque Ari abrió las manos y dijo:

–¿Qué ocurre? No puedes culparme, Leo. Todo el mundo pensaba lo mismo: Atenas está llena de mujeres hermosas, y tú habías elegido a la menos apropiada.

¿Qué diría su amigo si conociera la historia completa? ¿Llegaría a la misma conclusión que él, y condenaría a Ángela antes de darle oportunidad de defenderse? ¿La chantajearía para que se convirtiera en su amante? Leo se puso en pie, agitado. ¿Se habría convertido ella en su amante por voluntad propia?

Se esforzó por decir algo, sintiéndose como un fraude, y detestando su actitud a la defensiva.

–Nuestra historia es asunto nuestro... Existe cierta... sincronía en cómo nos conocimos.

Al decir eso, Leo recordó vívidamente la primera vez que la había poseído: cómo ella se había arqueado bajo él, animándolo a continuar, y cómo él había necesitado toda su habilidad y contención para no hacerla daño. Un sudor frío le inundó la frente. Estaba sintiéndose seriamente acorralado.

Ángela llamó a la puerta del despacho exterior de Leo. Su asistente, Thalia, sonrió. Se habían conocido una noche en que Thalia había ido a la mansión porque Leo y ella tenían que trabajar hasta tarde.

–Hola, Ángela. Leo está con Ari Levakis, pero no debe de quedarles mucho. Yo me voy a comer –anunció, levantándose.

Ángela la observó marcharse. Sacó una bolsa de papel con un sándwich para Leo y la dejó en la mesa. Se paseó por la antesala. Todo el edificio hablaba a gritos de riqueza y prestigio. Tras comprar las cajitas para las joyas, había decidido darse una vuelta por la oficina. Era la primera vez que la visitaba, y estaba emocionada.

Miró la bolsa de papel. Le había comprado un sándwich de mantequilla de cacahuete y gelatina. ¿No era lo más estúpido que había hecho nunca?

Dio un respingo cuando accionaron el picaporte y la puerta se abrió ligeramente. La reunión debía de haber terminado. Contuvo el aliento, pero no salió nadie. Le llegó la voz grave de Ari.

–A Lucy y a mí nos cae muy bien.

A Ángela se le detuvo el corazón.

–Ya lo sé –respondió Leo irritado.

¿Por qué estaba molesto?, se preguntó ella. Hubo un momento de silencio.

–Te aclaro que Ángela y yo sólo somos... algo temporal. No tengo ningún deseo de asentarme con la primera mujer que se me cruce por el camino en Atenas.

–Reconozco que tal vez ella no sea una esposa de lo más «apropiada».

Ángela hizo una mueca de dolor, como si acabaran de clavarle un cuchillo. Leo rió, y el cuchillo se hundió un poco más.

–El que Ángela se convierta en algo permanente en mi vida supondría tal vez traspasar los niveles de tolerancia de mi padre. Además, Atenas todavía habla de nuestra... asociación.

Ari rió brevemente.

–Sabes cómo provocar, Parnassus... pero ¿ella sabe esto?

El tono de Leo se volvió gélido.

–Ángela sabe muy bien qué esperar de nuestra relación.

–Como te he dicho, a Lucy y a mí nos cae muy bien. No nos gustaría verla herida...

–¿Es eso una advertencia, Levakis?

Ari no se dejó impresionar.

–Tómatelo como quieras, Leo. Tan sólo creo que Ángela no es como el resto de mujeres de nuestro entorno. Al principio, creí que sí lo era, pero después de conocerla...

–No tienes de qué preocuparte –le aseguró Leo con voz ronca–. Ángela y yo sabemos perfectamente en qué punto nos encontramos.

Ari rió brevemente.

–Lucy me ha enviado aquí con la mosca detrás de

la oreja... Luego os vemos a ti y a Ángela. Estoy deseando ver las joyas terminadas.

Ángela no esperó a oír el resto. Con piernas temblorosas, y sintiendo como si se hubiera quedado sin sangre, atravesó la antesala tambaleándose y casi corrió al ascensor.

Estaba bajando cuando recordó que había dejado la bolsa de papel sobre la mesa. Le aterrorizó pensar que él pudiera encontrarla, pero no tenía intención de dar marcha atrás. Salió tambaleante a la calle y se alejó lo antes posible de aquella oficina.

Un poco después, mientras pulía las joyas que había diseñado para Lucy, Ángela se reprendió a sí misma. ¿Acaso esperaba que Leo milagrosamente sintiera algo por ella? Era su amante, estaba con ella porque la deseaba, porque podía proporcionar a Delphi su boda soñada y porque Leo la había creído culpable de robo. Desde que él había descubierto lo que realmente había sucedido, Ángela había creído que las líneas estaban disipándose, pero tras la conversación que había escuchado, era evidente que no era así.

Ella, la ingenua, se había permitido creer que la ternura que él había demostrado en las dos últimas semanas significaba algo.

Posó una mano en su vientre, insegura. La otra noche, cuando le había rogado a Leo que hicieran el amor, no habían usado ningún método anticonceptivo. Ella le había asegurado que se encontraba en un momento seguro de su ciclo, pero ya no estaba tan convencida.

La idea de tal vez haberse quedado embarazada le dio pánico, sobre todo después de oír las duras palabras de Leo y Ari ese mediodía. Una cosa estaba clara: el fin de su relación era inminente, y mejor pronto que tarde. Leo no agradecería verse forzado a ser padre por una Kassianides. ¿Y si creía que ella lo había hecho a propósito? Le dolía sentir que él todavía no confiaba en ella del todo.

Sonó el teléfono y, tras dar un respingo, Ángela contestó.

–¿Diga?

–¿Por qué no te has quedado?

Ángela agarró el teléfono con manos sudorosas y el corazón acelerado. El sándwich...

–Tenía que regresar a casa para envolver las joyas. Sólo me pasé a saludar, pero estabas ocupado.

Hubo un momento de silencio.

–Gracias por la comida.

Ángela soltó una carcajada que le sonó falsa hasta a ella.

–De nada. No sé qué...

–Ha sido todo un detalle.

Ella agradeció estar sola, porque sintió que la humillación se apoderaba de ella.

–Regresaré a las siete. Te veo luego.

Y la conversación terminó. Ángela notaba el corazón desbocado, estaba temblando y sudando; hecha un lío. Estaba enamorada y condenada. La familia Parnassus iba a reír la última, después de todo.

Capítulo 10

Aquella noche, al regresar a casa después de cenar, Ángela se sentía como un trapo. Por una vez, su gozo de crear joyas había sido eclipsado por otra cosa: Leo, y su necesidad de protegerse de él. Le impresionaba que él no tuviera ningún sentimiento hacia ella, y sin embargo pudiera hacerle sentir como si fuera la única mujer en el mundo.

Había estado muy solícito toda la noche. Ángela se había dicho que estaba fingiéndolo, pero cuando Lucy y Ari los habían dejado a solas para acostar a sus hijos, Leo se había girado hacia ella y la había besado apasionadamente, como si lo necesitara; y ella, con su cuerpo traicionero, le había correspondido.

Sólo se habían separado al oír un burlón: «Arriba hay habitaciones libres, si queréis...». Ángela se había sentido terriblemente expuesta y abrumada.

–¿En qué piensas?

Acababan de llegar a casa y ella estaba descalzándose en el vestíbulo. Miró fugazmente a Leo, y luego bajó la cabeza y se encogió de hombros, con una poderosa necesidad de protegerse.

–En nada. Sólo espero que a Lucy le gusten los pendientes y la pulsera. Es la primera vez en mucho tiempo que creo algo para alguien, y...

Leo se le había acercado y le hizo elevar la barbilla. Ella se derritió.

–Le encantarán. A Ari le han gustado mucho. Tienes un gran talento.

Ángela se ruborizó y se detestó por ello. ¿Por qué no podía quedarse indiferente?

Leo la agarró del brazo y ella se estremeció e intentó soltarse.

–¿Una última copa? –propuso él con un brillo especial en su mirada.

Ángela necesitaba alejarse, pero algo en la expresión de él hizo que el corazón se le detuviera. Se encogió de hombros.

–De acuerdo.

Siguió a Leo al salón. Estaba perpleja: diría que él quería comentar algo.

Con sus copas en la mano, y tras un largo momento de silencio, Leo habló por fin:

–Ángela, creo que ambos sabemos que cualquier acuerdo que tuviéramos ha terminado. Ni puedo ni voy a detenerte si quieres marcharte.

A Ángela se le encogió el corazón hasta el punto de que sintió que iba a desmayarse. Abrió la boca para decir algo, pero él no había terminado.

–Pero no quiero que te vayas.

–¿No? –inquirió ella.

El corazón volvía a latirle. Vio que él negaba con la cabeza.

–Aún no hemos terminado. Todavía te deseo.

Nada relativo al amor u otros sentimientos, lamentó ella. ¿Qué esperaba, después de haber oído su conversación con Ari?

–El taller de joyería es tuyo, Ángela, siempre que estemos juntos. Después de este encargo de Ari, y con un poco de publicidad, recibirás muchos más. Éste podría ser el comienzo de una fructífera carrera para ti.

Él ni siquiera estaba pidiéndose que se quedara porque ella quisiera. No podía permitir que viera su profundo dolor. Ángela forzó una sonrisa.

–¿Estás diciéndome que, si me quedo contigo hasta que tú o yo nos hartemos, me ayudarás a lanzar mi carrera? ¿Y qué ocurrirá si no quiero quedarme?

La mirada de él se ensombreció. Apretó la mandíbula.

–No creo que tengas problemas en ponerte por tu cuenta, pero no me negarás que yo te ofrezco un trampolín que te colocaría a otro nivel.

Ángela sintió náuseas. Lo que él estaba haciendo era una crueldad, y al mismo tiempo le ofrecía la luna. Pero ¿podría ella soportar compartir su cama, sabiendo que algún día él la dejaría marchar, si bien con una fulgurante carrera?

De pronto, toda su ambición le pareció banal. El amor que sentía por Leo valía más que todas las carreras. Pero estaba claro que él no sentía lo mismo, y si alguna vez decidía asentarse, sería con alguien más apropiado que ella. Sintió que algo en su interior se rompía en mil pedazos. Dio un sorbo a su copa y miró a Leo.

–La única razón por la cual he aguantado vivir en casa de mi padre, cuando él me odia, ha sido Delphi. Tras la muerte de Damia, me prometí que me quedaría con ella hasta que estuviera preparada para volar por su cuenta. Cuando yo acabé la universidad, quise que nos mudáramos juntas, pero los negocios de mi padre empezaron a ir mal y tuvimos que quedarnos en casa. Además, Delphi está estudiando Derecho. He trabajado para pagarle la universidad, pero eso significaba que no podíamos independizarnos.

Leo escuchaba en silencio e inmóvil.

—Llevo mucho tiempo esperando ser libre, Leo. Ahora que Delphi se ha casado con Stavros, por fin puedo vivir mi vida.

—¿Y eso es lo que quieres, a pesar de lo que yo te ofrezco?

Ella asintió y sonrió nerviosa.

—Ese encargo de Ari es más de lo que podría haber soñado. Y ya debes de haberte dado cuenta de que yo no estoy hecha para ser la amante de nadie.

Leo se puso en pie, alto y dominante. Con rostro impenetrable.

—Tengo que ir a Nueva York mañana para unos negocios. Estaré fuera unas dos semanas. Piénsate lo que te he dicho, y luego decide. No voy a obligarte a que decidas ahora.

Ángela asintió lentamente, con una punzada de dolor.

—De acuerdo.

Y eso fue todo. Se levantó, dejó su copa en la barra y se giró.

—Estoy cansada. Me voy a dormir.

—Buenas noches, Ángela.

Y ella salió de la habitación, sabiendo que era la última vez que vería a Leo Parnassus.

Dos semanas después, según entraba en la mansión, Leo supo que Ángela se había marchado. Era la primera vez que una mujer lo dejaba; en su arrogancia, ni se había planteado la posibilidad. Tampoco la había llamado, como si al no preguntar, ella no se hubiera marchado. Pero sí lo había hecho.

Leo entró al taller. Todo estaba limpio y ordenado. Había una nota:

Querido Leo:
He dejado todo a la vista para que te sea más fácil deshacerte de ello. Sé que sonará raro después de lo que hemos pasado, pero gracias por todo.
Te deseo lo mejor,
Ángela

Leo arrugó la nota y se quedó un rato de pie con la cabeza gacha. Y entonces, rugiendo de ira, pasó el brazo por la mesa de trabajo y lanzó las herramientas y los materiales por los aires.

Tres meses después

A Ángela le dolían los riñones. Se los cubrió con las manos y se estiró hacia atrás. Estaba embarazada, y de un día para otro había empezado a notársele. El día después de su última conversación con Leo había manchado un poco y había creído que era el periodo, pero no había sido así. Al mes siguiente, cuando no le había bajado, los análisis habían confirmado el embarazo.

—Deberías sentarte, cariño, y aliviar tus pies de tanto peso.

Ángela sonrió a Mary, la mujer con la que trabajaba en el pequeño café para turistas junto a la abadía de su antiguo colegio, al oeste de Irlanda.

—No voy a ponerme de parto por un poco de dolor en los riñones.

La otra mujer, a quien conocía desde que estudiaba

en el colegio, donde Mary era cocinera, sonrió ampliamente.

–Tal vez no. En ese caso, atiende al recién llegado. Yo diría que con él cerramos hoy. El último autobús de turistas está saliendo del aparcamiento ahora.

Ángela agarró su cuaderno y una bandeja y salió. El sol la cegó por unos instantes y, cuando pudo ver, le pareció que alguien alto y grande se ponía en pie. Al instante supo quién era: Leo.

Creyó que iba a desmayarse de la impresión. Al segundo siguiente, estaba sentada en una silla, con Leo agachado frente a ella, y Mary a su lado.

–¿Estás bien, Ángela? Ya sabía yo que no debías pasar tanto tiempo de pie. Eres tan testaruda...

–Estoy bien, Mary, de verdad –la interrumpió Ángela, temiendo que revelara demasiado–. Sólo es de la impresión. Este hombre es... un viejo amigo.

La astuta irlandesa los miró y sacó conclusiones al instante.

–¿Seguro que estás bien? ¿Quieres que os deje a solas? –preguntó la mujer.

Ángela asintió, aunque se hubiera colgado de ella, rogándole que se quedara. Pero no podía hacerlo. Debía hablar con el padre de su hijo.

–Estoy bien, Mary, de verdad. Vete a casa.

–¿Y tú qué vas a hacer? No tienes coche y te has dejado la bici en casa.

–Yo me ocuparé de llevarla a casa –intervino Leo, por primera vez.

El efecto en Ángela fue devastador. Mary se marchó con recelo, pero por fin los dejó solos. Leo se puso en pie y Ángela se estremeció, como si llevara un tiempo congelada y estuviera volviendo lentamente a la vida. Agradeció llevar el amplio delantal, que disimulaba su secreto.

Él la miró con tanta intensidad que la dejó sin aliento.

–¿Vienes al trabajo en bici por esas carreteras?

Ángela asintió.

–Sé que intimidan un poco, pero una vez que te acostumbras...

–¿Que intimidan? ¡Son suicidas!

Al ver el rostro de él, censurándola y con algo más, Ángela se puso en pie. La impresión de verlo allí empezaba a disiparse. ¿Cómo podía presentarse allí y hablarle de banalidades, como si nada hubiera sucedido?

–Leo, no creo que hayas venido para hablar de las carreteras irlandesas. ¿Cómo me has encontrado?

Él se pasó la mano por el cabello y la miró con intensidad.

–Me he pasado todo un mes insistiéndole a tu hermana para que me dijera dónde estabas.

Ángela se sentó de nuevo, con las piernas temblándole. Después de marcharse de la mansión, se había quedado en Atenas un mes, pero como Leo no había hecho nada por encontrarla, algo se había roto en su interior.

–No tenía pensado venirme aquí, pero cuando me enteré... –comenzó ella, y se detuvo.

No podía comunicarle así lo más trascendental que le había sucedido nunca. Siempre había planeado que anunciaría a Leo que estaba embarazada de él, pero una vez que estuviera recuperada y hubiera decidido hacia dónde dirigirse. No había esperado encontrárselo tan pronto. ¿Cómo acogería la noticia, después de lo que le había oído hablar con Ari? Sus palabras se le habían grabado a fuego.

Giró la cabeza, le dolía mirarle. Él se agachó e hizo que lo mirara. Al ver su expresión torturada, Ángela se estremeció. De pronto, tuvo la certeza de que era el momento. La distancia no había curado su dolor, ni aclarado las cosas, sólo las había empeorado.

–¿De qué te enteraste, Ángela?

Ella sintió un delicado revoloteo en su interior, como si el bebé le exigiera que dijera la verdad.

–Estoy embarazada, Leo –anunció.

Durante un largo momento, no sucedió nada. Ninguno se movió. Y entonces, Leo hizo lo que Ángela menos esperaba: empezó a desabrocharle el delantal. A ella se le aceleró el corazón.

–Leo, ¿se puede saber qué...?

Él se detuvo un momento y le tapó la boca con un dedo.

–Shh.

Le quitó el delantal, y el vientre abultado de ella quedó expuesto en toda su gloria bajo su camiseta ajustada. Leo lo acarició con las manos, y Ángela se lo permitió, sorprendida. Sentir que le tocaba el vientre le generaba muchas emociones. Vio la expresión maravillada de él, y reprimió el impulso de recrearse en una peligrosa fantasía.

–¿Por qué has venido, Leo?

–¿Cómo puedes preguntármelo? Deberías haberme informado –replicó él.

A Ángela le invadió la vergüenza. Dos meses atrás, cuando había descubierto que estaba embarazada, las hormonas se habían apoderado de ella, y la idea de poder encontrarse con él, o verlo con otra mujer, había sido insoportable. Así que, se había marchado al lugar más lejano que conocía.

Elevó la cabeza. No podía pensar con Leo tan

cerca. Se puso en pie con dificultad y se lo quitó de encima. Al instante, sintió que le faltaba algo.

—Leo, nuestra relación nunca tuvo como objetivo estar juntos para siempre, incluso aunque quisieras que siguiera siendo tu amante. Oí tu conversación con Ari Levakis en tu despacho —desveló, sorprendida por haberlo dicho—. Sabía que las cosas terminarían antes o después.

Se lo quedó mirando, pero la expresión de él era impenetrable. Y ella estaba tan sensible que cualquier cosa la desestabilizaba.

—Si has venido a pedirme que vuelva a ser tu amante...

Él se cruzó de brazos y clavó la mirada en su vientre.

—Creo que hemos ido más allá de ese punto, ¿tú no?

—No permitiré que creas que, sólo porque estoy embarazada, voy a aceptar un matrimonio de conveniencia —saltó ella, a la defensiva.

—Basta.

Ella se detuvo. Vio que él soltaba los brazos y se le acercaba, pero no podía recular porque tenía una mesa detrás. Elevó una mano a modo de barrera.

—Leo, por favor, no...

—¿No qué? ¿Que no te toque? No puedo evitarlo, si estamos en la misma habitación. ¿Que no vaya en tu busca? Tampoco puedo. Habría llegado a los confines de la tierra para encontrarte.

A Ángela se le aceleró el pulso. Él le soltó el cabello, que le había crecido en los últimos meses, y le cayó pesadamente sobre los hombros. Tomó un mechón entre los dedos y se acercó a ella hasta rozar su vientre. Ángela sintió que el cuerpo se encendía, después de aquellos meses.

–Cuando me dejaste, Ángela Kassianides, me sumí en una zona sombría.

Ella lo miró como hechizada, a su pesar.

–Al regresar de Nueva York y encontrar tu nota, arrasé con el taller de joyería y regresé a Nueva York durante un mes, donde pasé demasiado tiempo en un grasiento bar irlandés –explicó él y rió amargamente–. Luego, cuando creí haberlo superado, regresé a Atenas. He sido tal ogro que he hecho llorar a Calista, he despedido a multitud de empleados, y Lucy y Ari no me hablan.

Ella ahogó un grito.

–Sólo después de esos dos meses de tortura, me permití admitir el dolor de que habías elegido marcharte en lugar de quedarte a mi lado. Y entonces, tuve que convencer a tu hermana para que me dijera dónde estabas.

Ángela inspiró hondo, sintiendo como si saltara al vacío.

–Pero Leo, no me pediste que me quedara: me dijiste lo que me darías si me quedaba. Era algo condicional.

Leo la miró a los ojos, y por primera vez ella vio su vulnerabilidad.

–No tuve el valor de pedirte que te quedaras si querías. Me aterraba que pudieras decir que no, creí que mi única opción era intentar obligarte a hacerlo.

Ángela sacudió la cabeza. Algo frágil empezaba a florecer en su corazón.

–Sinceramente, creo que me habría marchado igual.

Vio que él empezaba a encerrarse en sí mismo, así que agarró su mano y se la llevó al pecho, donde el corazón le latía desbocado.

–Y no porque no quisiera quedarme, sino porque tenía demasiadas ganas de hacerlo.

Sacudió la cabeza y sintió las lágrimas inundándole las mejillas. Ya no le importaba, no podía contenerlas, no con su bebé creciendo en su interior.

–Te amo, Leo. Me enamoré de ti con tanta fuerza, que me superó. No podría soportar la idea de estar contigo sólo hasta que te aburrieras y decidieras conseguirte una nueva amante, o una esposa.

Leo gimió como un hombre en el corredor de la muerte al que hubieran indultado. La abrazó fuertemente. Ángela estaba a punto de echarse a llorar ante la enormidad de todo aquello. Leo se separó y le enjugó las lágrimas.

–Mi dulce Ángela, no llores, por favor... Necesito que repitas lo que acabas de decir.

–Te amo –afirmó ella entre sollozos–. Y estoy muy feliz de estar embarazada de tu bebé.

Leo la abrazó.

–Y yo.

Cuando ella pasó de los sollozos al hipo, la ayudó a sentarse y se arrodilló a sus pies. Ángela se sentía expuesta y vulnerable. Leo había dicho muchas cosas, y no estaba molesto con el embarazo, pero no había dicho que ella le importara...

–Lo que oíste ese día en mi despacho –comenzó él avergonzado–, fue mi lado más cobarde. Desde el momento en que te vi junto a la piscina, te deseé. Pero cuando me enteré de quién eras, todo cambió. Sé que no es excusa, pero utilicé la boda de tu hermana para tenerte cerca, aunque malinterpreté la razón por la que era importante para vosotras.

Le besó la mano.

–Cuando Ari me cuestionó acerca de ti ese día, me

tocó un punto sensible: me di cuenta de que lo que sentía por ti era mucho más profundo que mero deseo. Toda mi vida había bloqueado las emociones, evitado la intimidad, aterrado de que mi mundo se viniera abajo como cuando era niño. Todo eso no podía decírselo a Ari, y cuando le vi tan protector respecto a ti, me puse celoso.

Posó la mano en su vientre abultado, y la miró con intensidad.

–Los temores de mi niñez no eran nada comparados con imaginarme el vivir sin ti. Te amo, Ángela, y amo a este bebé. Quiero que regreses a casa conmigo y te cases conmigo.

Ella fue a decir algo pero él se lo impidió.

–Y no es sólo porque estés embarazada –aseguró, y la besó en el vientre–. Sino porque no puedo vivir sin ti. Así que, si no vienes a casa conmigo, me mudaré yo aquí contigo, porque no pienso apartarme de tu lado nunca más. Te he echado tanto de menos...

Ángela sujetó el rostro de él entre sus manos. El corazón iba a estallarle de alegría. Lo besó tiernamente, hasta que él la sujetó por la nuca y el beso se transformó en algo más tórrido.

Ángela se apartó, jadeante.

–Pídemelo de nuevo.

La mirada de Leo era puro fuego, y su mano en el vientre de ella, como una marca.

–¿Quieres casarte conmigo, Ángela? Porque te amo más que a todo, y no puedo vivir sin ti.

–Sí, Leo. Y quiero regresar a casa contigo.

De pronto, algo ensombreció su ilusión. Leo la miró preocupado.

–¿Qué sucede?

–Tu padre... debe de odiarme. Seguro que no aprueba esto.

Leo sonrió.

–Mi padre es un hombre mayor, y ha cumplido su deseo de toda la vida de regresar a su hogar. Está deseando enterrar la enemistad entre nuestras familias, y desde luego no te responsabiliza a ti de ella.

Ángela sintió un enorme alivio. Vio que él sonreía.

–Y ahora, ¿podemos volver a casa?

–Sí, por favor.

Leo le ayudó a ponerse el abrigo, y ella le señaló la abadía gótica. Lo miró tímidamente, y él sintió que se le hinchaba el corazón de gozo.

–Cuando estaba en ese colegio, solía imaginarme que un guapo príncipe me rescataba y me llevaba a casa.

Leo la abrazó fuertemente, y sintió el abultado vientre apretándose contra él. Su bebé. Eran una familia.

–Pues si no te importa que tu príncipe haya venido un poco tarde, y todavía esté quitándose el barro de las botas, me gustaría rescatarte y llevarte a casa –dijo con voz ronca.

Ángela sonrió emocionada.

–No me conformaría con ningún otro.

Bianca™

Era una aventura tan secreta como prohibida…

Habiendo pasado su infancia en casas de acogida, Ashley Jones no tenía a nadie y necesitaba desesperadamente aquel nuevo puesto de trabajo como secretaria de un escritor. Pero se quedó impresionada al llegar a la aislada mansión Blackwood y, sobre todo, al conocer al formidable Jack Marchant.

A pesar de sus inseguridades, el atormentado Jack Marchant le robó el corazón de inmediato. No sabía qué secretos escondía aquel hombre tan huraño, pero un beso se convirtió en una tórrida aventura…

Boda imposible

Sharon Kendrick

Acepte 2 de nuestras mejores novelas de amor GRATIS

¡Y reciba un regalo sorpresa!

Oferta especial de tiempo limitado

Rellene el cupón y envíelo a
Harlequin Reader Service®
3010 Walden Ave.
P.O. Box 1867
Buffalo, N.Y. 14240-1867

¡Sí! Por favor, envíenme 2 novelas de amor de Harlequin (1 Bianca® y 1 Deseo®) gratis, más el regalo sorpresa. Luego remítanme 4 novelas nuevas todos los meses, las cuales recibiré mucho antes de que aparezcan en librerías, y factúrenme al bajo precio de $3,24 cada una, más $0,25 por envío e impuesto de ventas, si corresponde*. Este es el precio total, y es un ahorro de casi el 20% sobre el precio de portada. !Una oferta excelente! Entiendo que el hecho de aceptar estos libros y el regalo no me obliga en forma alguna a la compra de libros adicionales. Y también que puedo devolver cualquier envío y cancelar en cualquier momento. Aún si decido no comprar ningún otro libro de Harlequin, los 2 libros gratis y el regalo sorpresa son míos para siempre.

416 LBN DU7N

Nombre y apellido	(Por favor, letra de molde)
Dirección	Apartamento No.
Ciudad	Estado	Zona postal

Esta oferta se limita a un pedido por hogar y no está disponible para los subscriptores actuales de Deseo® y Bianca®.
*Los términos y precios quedan sujetos a cambios sin aviso previo.
Impuestos de ventas aplican en N.Y.

SPN-03   ©2003 Harlequin Enterprises Limited

Deseo™

El vecino nuevo

MAUREEN CHILD

El multimillonario Tanner King quería
terminar con el negocio de árboles de
Navidad de su vecino, que le moles-
taba mucho. King tenía el dinero y el
poder suficientes como para conseguir que le cerraran el negocio, así
que a Ivy Holloway, la propietaria de
la plantación, no le quedaba otra opción que ablandarle.

Tanner no podía vivir tranquilo por
culpa del negocio de su vecino y, además, no conseguía deshacerse de la
guapa asistenta que le había mandado
su abogado. No era capaz de dejar de
pensar en ella ni evitar besarla. El problema era que la dueña de la plantación y su asistenta… eran la misma persona.

*¿Sería capaz aquel multimillonario
de amar a su enemiga?*

¡YA EN TU PUNTO DE VENTA!

Bianca™

¿Cazafortunas o inocente secretaria?

Cuando el jefe de Gemma Cardone es hospitalizado y Stefano Marinetti, el hijo con el que Cesare se peleó cinco años atrás, se hace cargo de la empresa naviera, Gemma se siente atrapada entre el deber y el deseo.

Su deber: la relación de Gemma con el padre de Stefano es totalmente inocente pero llena de secretos, razón por la que Stefano sospecha que es la amante de su padre. Y ella no puede contarle la verdad porque eso destrozaría a la familia Marinetti.

Su deseo: Gemma nunca ha conocido a un hombre tan decidido, tan guapo o tan intenso como Stefano y se derrite cuando está con él. Aunque sabe que Stefano la desprecia, entre las sábanas las cosas cambian…

Entre el deseo y el deber

Janette Kenny